短編集

休日

縁《えにし》田《だ》　新《しん》

目次

森

僕《ぼく》らはたくさんのわからないことのなかで生きている。その一つひとつを考えだすと明解な答にいき着くことなく溜息をつくことになる。無数のわからないことに無数の溜息をついていたら一生なにもできないことになる。

小学校に入るまえだったのだろうか、それとも一、二年生のころだったのだろうか、曖昧《あいまい》ではっきりしないのだが、僕を森に連れていってくれたおじいさんのことを思いだす。ぜんたいの記憶は曖昧なのに、おじいさんと話した内容だけは不思議と鮮明に残っている。このおじいさんの顔は、どこか懐《なつ》かしく馴染《なじ》みがあるように思うのだが、いまひとつはっきりしない。そのころまだ生きていた母方《ははかた》の祖父でないことは確かだった。そこで、色褪《いろあ》せた写真でしかみたことがなかった父方の祖父のような気もしたが、これもはっきりしない。いや、まったく知らない顔のような気もする。確かなのは、こうやって時々思いだしているうちに、その顔が馴染みのある顔になっていたことだ。

そのころ、数人のおさない友だちと一緒だった。友だちの人数、顔、女の子がいたのかどうか、はっきりしない。山の麓《ふもと》の森の入口には小川があった。僕らには格好《かっこう》の遊び場だった。森の木々は緑の葉を付けていて、まだ寒くはなかったが、すでに夏の盛りは終わっていた。そんななか、ひとりのおじいさんがやってきた。

——楽しそうだね。

そのおじいさんは小川の傍《そば》の大きな石に腰かけると、僕らに語りかけた。遊びに夢《む》中《ちゅう》だった仲間は、おじいさんの方《ほう》をちょっと振りむいたが、すぐに元の世界にもどった。僕だけが、おじいさんの顔をみながら、——うん、とうなずいたのを憶《おぼ》えている。

おじいさんは、僕に魚釣りの話や滝壷に飛び込んだ話をした。僕はおじいさんの話にだんだん引き込まれていった。最初は、小川の流れの傍で、おじいさんとはすこし離れて立っていた。しかし話が面白《おもしろ》くなるにつれて、僕はおじいさんに近づいていった。そして、おじいさんの腰かけていた大きな石の傍にあった僕の足の長さにふさわしい石に僕が坐ると、そのおじいさんは生きることについて語りだしたのだった。

——ときどき、生きているのが面倒《めんどう》くさくなるんだよ。でもね、だんだんわかってきたんだが、年をとってくるとあちこち体《からだ》の部品がわるくなってくる。命にかかわる部分の部品がこわれるとそれまでだが、そうでないときは、すこしの不自由を我慢《がまん》すればなんとか生きてゆける。部品の故障を心配しているあいだは、必死で生きていられるんだ。でも、しばらくして目のまえの心配事がなくなると、また生きているのが面倒くさくなるんだ。

僕は、生きているということを意識したことはなかったし、今後も今の僕であれば意識はしないだろう。だから、生きているのが面倒くさくなることもない……だろう。

僕にはこのおじいさんの言っていることはわからなかった。

——でもね、さらによくよく考えてみると、どうも、この生きていること自体が問題らしいと思えてきてね……。君たちは、今こうやって川で遊んでいる。それでいいんだ。生きている証拠だ。五分後に何が起ころうと、今、生きていることなんだ。明日、何が起こっても、今、生きていることが大事なんだ。夜になると眠る。君たちは、明日の朝目が覚めることに、これっぽっちの疑いも抱いていないだろう。しかしよく考えてみてごらん。明日、目が覚めるという保証はなにもないんだよ。とくにおじいさんのように年を重ねてくると、今日一日よく生きていたなと何かに感謝したくなるくらいだ。それでも、そのうち疲れて面倒くさくなると、明日、目が覚めなくてもいい気がして眠るようになる。あ、それに、この眠りにしたところで、眠れるあいだは幸せかもしれない。だんだんこの幸せもなくなる。なかなか眠れなくなるんだ。そうなると、休むことなく生きていなきゃいけないんだ。これは辛《つら》いぞぉー。

おじいさんは僕の顔をのぞき込みながら言った。しかし、言葉とは裏腹に、おじいさんの表情は明るかった。僕は不思議な気がした。おじいさんは、それから、小川で遊んでいた僕の仲間の方を見ながら沈黙した。

おじいさんは、最近、この辺《あた》りにくることが多いらしい。なんでも探し物があるらしい。何度目の出会いだったか忘れたが、僕はおじいさんに、何を探しているのか、思いきって訊《たず》ねた。

――白い扉だよ。

おじいさんは、ぽつりと言った。

この森のどこかに、その白い扉はあるはずだという。おじいさんの目は輝いていた。

――君も一緒に探してみないか？

それからというもの、僕が仲間とこの森で遊んでいると、いつも、おじいさんがやってきた。それで、おじいさんに付いて森のあちこちに分け入《い》ったが、白い扉は見つからなかった。

冬になって雪が降ると、おじいさんと僕はさすがに山に分け入ることはできなくなった。

——春が来るまで探すのをやめよう。

——どうしてやめるの？　と僕が訊ねると、おじいさんはこともなげに言った。

——雪景色のなかでは白い扉は見つかりっこないからさ。

それから僕はおじいさんと会うことはなくなった。しかし、冬のあいだじゅう、僕は心配だった。おじいさんは大丈夫だろうか？　元気でいてほしい。僕は雪のなかでも友達と遊んだ。だが、時々まわりを見回すことを忘れなかった。おじいさんが笑いながら立っているのではないかと思ったのだ。遊びの途中で、時々上《うわ》の空になる僕を仲間は訝《いぶか》った。僕は遊びのことよりおじいさんのことが気にかかっていた。

ことのほか雪の多い冬だった。今まで僕はこんなに冬を長いと感じたことがなかった。

やっと春が来て、小川の流れも温《ぬる》み始めたころ、おじいさんがやってきた。僕は流れの傍の小石を蹴《け》散《ち》らせながらおじいさんのところへ走った。

——やあ、君だったのか。

おじいさんから四、五メートル手前で立ち止まった僕に、そのおじいさんは声をかけてきた。しかし、去年の秋に知り合ったおじいさんではなかった。背の高さ、体《からだ》つき、そして顔も似ていたが、あのおじいさんではなかった。

戸惑っている僕に、そのおじいさんは続けた。

――ああ、びっくりしているんだね。

君が待っていたおじいさんは私の友人だよ。春になったらこの場所に行ってみるといいと教えてくれたんだ。君のことも話してくれた。一緒に、白い扉を探したんだってね。

僕らは突っ立ったままだった。

僕は恐る恐る一番気にかかっていることを訊ねた。

――あのおじいさんは元気ですか？

――わからない。去年の暮れに会ったっきりだ。どうしているのか私も知らないんだよ。それで、彼が、いや君のそのおじいさんが、ここに来ると君に会えると言い残したのを思いだしたんだよ。

僕はまた心配になった。おじいさんは大丈夫だろうか。

——おじいさんはきっと元気ですよね。

このおじいさんに確かめても仕方《しかた》がないのはわかっていたのに、僕は念を押した。ひと言、そうだ、と言ってほしかった。

——この場所で君に会えば、私の友人、つまり君のおじいさんに会えるのではないかと思ってね。暖かくなったらここを訪ねて……。

新しいおじいさんの話の途中で僕は、もうひとつ気になっていることを訊ねた。

——おじいさんも、白い扉を探しているのですか？

新しいおじいさんは、すこし目を大きくして笑いながら応《こた》えた。
――そうだよ。いや、正確に言うと、探してはいなかった。今日、君に会うまではね。

僕はおじいさんの目の奥を見た。去年のおじいさんと同じように輝いていた。そのおじいさんは、前のおじいさんと同じように、僕に森のなかで白い扉を探してくれないか、と言った。前のおじいさんが探していた白い扉が気になっていた僕は、新しいおじいさんの申し出に従った。

それから僕らは、暑い夏がやって来るまで週末ごとに森に入った。熱心に探し回ったが、白い扉はとうとう夏休みになるまで見つからなかった。諦めかけていた夏休みの初日の午後、「白い扉」はやって来た。そう、探し当てたというより、それは、やって来たという方が正しかった。それまでに何度も分け入った森の中の一角に、それは突然に出現していたのだ。そこは、前のおじいさんと何度も通った場所だった。

新しいおじいさんと僕は跳びあがって喜んだ。丈の高い木々に囲まれた森の小さな一角は芝草のような絨毯で覆われていた。その緑の面から三十センチほどの高さにその白い扉は浮いたように立っていた。分厚い木製と思われる扉だけが一枚、宙に浮いていて、扉の四方はすべてその背景に森の木々を見ることができた。扉を受ける枠は無《な》かった。

おじいさんはその白い扉の前まで進むと、真鍮《しんちゅう》でできたような丸い取手《とって》を両手で右に回した。重い金属音とともに鍵が外れ、おじいさんは両手のまま扉を手前にゆっくりと開いた。分厚く硬く重そうな木製の白い扉が軋《きし》みながら半ばまで開いたとき、おじいさんは僕の方を見た。目はいっそう輝き、顔中の皺《しわ》が笑っていた。

僕も扉の向こうに入ってみたくなり、おじいさんに続こうとした。

——いや、君はだめだ。すまないが、この扉は私だけのものだ。

悪く思わないでほしい。一緒に探してくれてありがとう。君と会えてよかった。

ほんとうに楽しかったよ。ではまた……。

そう言うと、おじいさんは扉の向こうに入ってしまった。そして、振り返って僕に最後の会釈をおくると両手で内側の取手を引っ張った。白い扉は、ゆっくりと閉じた。白い扉の向こうには、おじいさんの姿はなかった。扉を通過すると同時に、扉の向こうに消えたのだ。僕は軽い喪失感を感じたが、不思議にも寂しくはなかった。

でもひとつだけずっと気になっていることがある。

おじいさんが白い扉を閉じたとき、ちょうど遠い海外や宇宙からの中継で画像と音声が微妙にずれるように、閉じる音が遅れて響いた。それも、僕の目の前の白い扉からではなく、僕の後ろ、背中の方で扉の閉まる音がしたのだ――。

＊

僕は、その後、平凡な、とひとことで言ってしまっては僕の青春時代に申しわけないが、目立たない小、中学生として過ごした。そして、それなりに忙しい高校生活と受験勉強で、「白い扉」のことは、しだいに記憶のかなたに追いやられていった。

しかし、僕が大学に入ったとき、忘れてしまっていたはずの「白い扉」の記憶が脳の薄皮《うすかわ》の向こうに微《かす》かに蘇ったような気がした。大学の入学式で、ひとりの学生が近づいてくるなり、——よろしく、と言って握手を求めてきた。僕らはすぐに親しくなった。僕はその友人をずっと以前から知っているような気がしている。

美術館

友人Kは、周囲から変わり者あつかいされているが、僕は、真面目《まじめ》でピュアな男だと思う。三十五歳、独身だ。商社に勤めるKは、買い付けのため世界中を飛び回っているが、近くに来たときには必ず僕に連絡をくれる。居酒屋で飲みながら何でも話してくれるのだが、どうも、日ごろKの話に耳を傾けるのは僕だけらしい。最初のころは、共通の趣味である音楽の話をすることが多かった。とくに印象に残っているのは、「ペペロンチーノ事件」だ。Kが唐辛子《とうがらし》の買い付けのためにローマを訪ねたときの話である。この事件のときも背景音楽にショパンの〈スケルツォ第3番〉が登場した。じつは、顚末《てんまつ》の詳細はKの許可を得て別の機会に紹介しているのでここでは触れない。今回はいつものような音楽の話ではないのだ。

ある時、僕の町に立ち寄ったKといつものように居酒屋で食事をしたのだが、こんなことを話してくれた。

――ぼくは世界中のいろいろな町にいくが、買い付けの仕事が忙しく、じつは、観光をしたことがないんだよ。ピンポイントで目的の場所を訪ね、商談を済ませたらとんぼ返りさ。海外担当になってかれこれ七年になるけど、訪ねた町の数こそ夥《おびただ》しいが、じっくり町の風情《ふぜい》を味わったことがないんだ……。

(僕は、うんうんとうなずきながら、まじめなKの性格だとそうだろうなぁ、と思う)

――ところがね、君！　最近たいへんなことを発見したんだよ！

(Kの目は輝きを増している。僕は、いったいどうしたんだよ、と合いの手を入れるのが精一杯だった)

――わずかな時間の余裕でも楽しめることがあるんだ。それは美術館だ。どんな町でもその町のサイズに合った美術館がある。東京はもちろん、パリ、ロンドン、ニューヨークの大都市にはスケールの大きな美術館が目白押《めじろお》しで選択に困るくらいだよ。その美術館で過ごすことほど今のぼくにとって都合のよいことはないということを発見したんだよ。

（ほう！ と少し驚いた顔で相槌《あいづち》を打ったが、すぐに、「美術館」というのも「発見」というほど新鮮味のあることでもないがなぁ、と内心思った）

――ぼくらは、音楽が好きだよね。（僕は、うん、とうなずく）だけどね、音楽をたのしむうえでの不可欠な要素は「時間」なんだ。たとえばマーラーのシンフォニーを聴こうと思えば、一、二時間の拘束を覚悟しなければならない。

（確かに、そうだ）

寸刻を惜しんで移動しなければならない身には、コンサートホールに何時間も閉じ込められるわけにはいかないのだよ。

(でも、それは、音楽をたのしむ者には仕方がないことだよ。そして、その時間の流れこそ至福の時だと思うよ、と僕は反論した)

——そりゃ、ぼくも承知しているよ。音楽をコンサートホールで聴くことほど素敵なことはないさ。しかし今のぼくには長時間の時間的拘束は無理なんだよ。

(そうか、残念だな、と僕は同情ぎみに相槌をうった)

——しかし、君、ぼくは美術館を再発見したんだ。絵画だよ！　絵をみるのは、こちらのペースでできるんだ。

(うん、確かにそうだね、と僕はうなずく)

いやーっ、空き時間に応じて自在に絵をみる時間を調整するのさ。

例えばまず、ざっと歩きながら止まらずに全体を一気に最後までみる。すると、見終わったときにコツンと印象に残って、もう一度確認したくなる絵が必ずあるものだよ。しかも面白いことに、また別の機会にその美術館を訪れると同じ展示内容だったとしても、そのコツンとくる絵が違ったりするんだ。その時の気分や自分の経年変化にもよるんだろうが、ぼくはその絵の持つポテンシャルも関係していると思うんだ。どうだい、面白いだろう？

(なるほどね。忙《せわ》しない観方《みかた》だけど君の場合は仕方ないね、と僕は言いながらも今度《こんど》僕も試みてみようと思った)

――それでね。

(Kはすこし間《ま》をおいて、彼としては珍しく、まわりを一瞥《いちべつ》したあと声を落とした。僕も身を乗りだして応じる)

――先月、出張先のパリでのことだけど、シャンゼリゼ大通りの近くのビジネス用のホテルに滞在したんだが、すこしだけ時間があったので近くの美術館に寄ってみたんだ。

明るくて静かな展示室で、入場者はぼくをいれて数人しかいなかった。例によって急ぎ足で見回っていたときのこと。コツンとくる絵があって、そこにもどったんだが、ね――。

葉の少ない林立する木立の足もとには、明るい陽光に照らしだされた芝生に挟まれて遊歩道があり、ファッショナブルなご婦人方がベンチで談笑している。一人は立っているんだが、彼女の影は長くこちらの方に向かって地面を這《は》っている――。そして、なんとなく爽《さわ》やかな空気が漂ってくるんだ。絵の横のプレートには、アンリ＝ジョセフ・アルピニー、『リュクサンブール公園』とあった。ぼくの知らない作家だ。

そこで、あらためて、その絵にもどった。ぼくは、それまでよりすこし近づいてその絵に見入っていたのだが――、すると、突然、額縁がなくなり画面が目のまえに、ぱーっと広がったんだ。いや、広がっただけじゃないんだ。ぼくはその風景画の景色のなかにいたんだよ。もちろん、美術館のなかではない。静かだった美術館とは異なり心地よい喧噪《けんそう》の中にいた。先ほどまでみていた絵の遊歩道に立っていたんだ。ぼくは、ベンチの人びとと談笑しながらひとり立っていたご婦人の影を踏んでいた。最初にベンチの端《はし》のご婦人がぼくに気づいた。公園だから、ぼくが歩いていても注目されることはないはずなのにそのベンチのご婦人につづいて皆一斉にぼくの方を見たのだ。そして、ぼくはすぐに事態を理解した。ぼくはビジネス用のスーツ姿だったが、公園の人びとの服装とは明らかに違っていたんだ。

（僕は唾をごくりと呑み込んでKの話に聴き入った）

——そこで、ぼくは絵の横にあったプレートに書かれていた絵の年代を思い出したんだ。

一八九〇年、十九世紀末だった。この時点で気づいたのだが、ご婦人方ばかりと思っていたなかに紳士もいたのだ。男女ともに皆帽子を被《かぶ》っている。被っていないのはぼくだけだった。ぼくのスーツ姿はともかく、帽子を被っていないアジア人が近づいてきたから彼らはすこし驚いたらしかった。ぼくは会釈して英語で挨拶したが、彼らには聞えなかったようで、フランス語で応じられたのだ。ぼくはビジネスでは英語で不自由を感じたことがなかったがフランス語はまったく駄目だ。困ったと思った、その時だった。

「ムッシュウ！」と、すぐ傍《そば》から声をかけられた。ぼくはハッとして我に返り、声の方に振り向いた。そこには、心配そうな顔をした、帽子を被っていない若い金髪の女性が立っていた。胸の前にはその美術館のスタッフ証明書をぶらさげていた。今度は、英語が通じたのでわかったのだが、そのスタッフは、ぼくの様子がおかしいのに気づいて声をかけたというんだ。「ムッシュウ、お顔の色がわるかったので心配になって……」というスタッフの言葉に感謝してぼくは、なんだか申しわけない思いで美術館をあとにしたんだが――。

(僕は言葉を失っていた。しばし沈黙のあと、まあ、僕らもよくあるよね、印象的な絵の前では、絵に見入ってしまうというか、絵に入り込んでしまうというか、まあ、そんなことが……、と言ってしまった)

――いや、そういうことではないんだよ。君はぼくの体験したことを信じてくれると思って話したんだけどね。たしかに、無理もないよね、俄《にわ》かには信じられないことだろうね。ぼくも、しばらくは、きみが言うように我を忘れて絵に見入っていたのだ、と思うことにしたんだ。でもね、あのリュクサンブール公園の遊歩道の砂利というか石ころがあたる靴底の感触が残っているんだよ。美術館の床の感触とは違っていたね。

(Kの目は真剣だった。黙って僕はうなずくしかなかった)

――それと、あとで思ったことなんだが、もしあのとき、美術館のスタッフが声を掛けてくれなかったら、ぼくはどうなっていたんだろう――。

(そうだよ、どうなっていたんだろう？　僕はオウム返しに訊《き》いた)

――どうなっていたか、ぼくにも想像できないんだがね。

(少しの沈黙の後、僕は時間的にはどのていどの長さだったの、と付け加えた)

そう、時間は、長くても数分ぐらいだろうね。だって、美術館で過ごす時間は三十分の予定で、商談を終えた人びとと夕食をとるため事前に予約を入れていたのだが、すべては予定通りだったのだから。そんなに時間的なロスはなかったはずだよ。

(ふーん、と言って黙り込んだ僕の腑《ふ》に落ちない表情をみてとったのか、彼は最後に言った)

——わかった。今度、同じような体験をしたら、現場から証拠の品を持ち帰れるようにするよ。また連絡するから楽しみにしておいてほしいな。

(Kは笑顔にもどって、酒の肴《さかな》の追加を注文すると、あらためて、僕と盃《さかずき》をカチリと合わせた)

この時以来、Kの言ったことが妙に心に引っかかっていた僕は、休日や出張先で美術館に足しげく通うようになっていた。Kの絵の観方を試したかったからだが、じつは、彼の信じ難い体験談にあやかってみたいという気持ちもあったことを白状しなければならない。

僕は、Kのように、ざっと歩きながら絵をみて回ってコツンときた絵にもどりジイっと見入ることにしたのだった。しかし、何度試みても彼の話のようにはならなかった。半年もすると、しだいに情熱もうすれ、やはりKの体験は彼の思い込みによるものに違いないという結論に達していた。そんなころ、暑い季節になってKからの連絡があった。僕らはいつもの居酒屋で会うことにした。居酒屋で久しぶりに会ったKは、いつもよりいっそう嬉々《きき》とした表情で握手を求めてきた。酒の肴とお酒の注文もそこそこに彼は本題に入った。

――聴いてよ、ずっときみに会って話したかったんだ。

(Kの勢いに僕はすこしのけぞったが、彼はさらに身を乗りだして話す)

――またパリなんだ。このところパリつづきだったんだが、一カ月まえのことだ。じつは、珍しく一日空いた日があったんだ。

（ほう、じゃ一日中あちこち美術館めぐりができたんだね。と僕が言うのを遮《さえぎ》るように彼はつづけた）

――そう思うだろう。違うんだな、これが。ぼくが美術館にいくようになった理由を忘れたのかい。

（なんだ、もったいぶった言い方をするんだねぇ。勢い込んで話しだしたのに遠回りするね。と言いながら、僕はちょっと考えて、そうか、「時間がないから美術館」だったね、と言ってしまった。目をキラリと輝かせたKは、したり顔で、「そうっ！」と指を鳴らした）

――そのとおりなんだ。一日中時間があるとなると美術館という発想がなくなるという悪《あ》しき習慣が身についてしまっていたんだ。

（なんてフレキシビリティのないひとなんだ、という僕のつぶやきをよそにKの

瞳は輝きを増していた）

――まぁ聴いてよ。たしかにぼくはフレキシビリティがないかもしれない。

（おや、聞こえたんだ）

しかし物事は単純じゃない。「人間万事塞翁《さいおう》が馬」だよ。

（なんだかよくわからなくなったが、僕はとりあえず聴くことにした）

――一日空いているという、ぼくにとって奇跡のような機会が訪れて、ぼくは反射的に美術館以外の選択肢を考えた。

（ちょっとおかしいけど、まぁいいか）

すると、「ブローニュの森の散策」というキーワードが思い浮かんだ。これだ、と思った。なんどもパリに来ているのに一度もブローニュの森に行ったことがなかったのだ。ぼくはエッフェル塔の近くの小さなホテルを出ると、バスに乗りブローニュの森の入り口に向かった。ところが、もうすぐブローニュの森というところで、美術館の垂れ幕が目に入ったんだよ。公園と住宅地に囲まれた静かな佇まいの美術館だった。

(おいおい、ブローニュの森に行くんじゃなかったのかい。と僕は疑義を差しはさんだ)

——だから「塞翁が馬」と言っただろう。ほんとうに人生は何が幸いするかわからないからねぇ。

(僕はKの言っている意味のほうがわからなかった)

——ぼくは直ちにバスを降り、その美術館に向かった。

(なんだ、結局、美術館に行くんかい。Kには悪びれた様子はない)

ルーブル美術館などに比べればこぢんまりした感じだが、アットホームで何だか清涼感も漂っていてぼくはすぐに好ましく思った。入ってみてわかったんだが、ここは印象派クロード・モネの牙城《がじょう》だった。そして、あの物議を醸《かも》した有名な

『印象、日の出』は、この美術館の所有だったんだ。美術雑誌や日本の展覧会で見たときとはまるで佇《たたず》まいが違った。恐らくこの美術館の静謐《せいひつ》な雰囲気によるものだろう。

(僕はそれがマルモッタン美術館だと知っていたし、じつは数回訪ねたことがあったが、彼の話の腰を折るようで黙っていた)

――ぼくは、興奮して見入っていたが、ふと危険を感じたんだ。日の出の陽光が水面に反映し、その傍《そば》に小舟が漂っている――。画面全体が海なのだ！　こんな絵に入り込んでしまったら――、ぼくは泳げない。溺れる。一瞬パニックになって、ぼくは絵の前から後ろへ飛び退いた。運のわるいことにぼくの後ろに老婦人がいた。一緒に倒れ込んでしまったんだ。ぼくは、すぐにそのご婦人を抱き起して怪我がなかったか確認し、ひたすら謝った。しかし、険《けわ》しい顔をした守衛が飛んできてぼくに詰め寄ったんだ。ぼくは連行されそうになったが、そのご婦人は、優しい笑顔で守衛に、何事もありませんよ、この方がちょっと躓《つまず》かれただけですよ、というようなことを言ってくれているらしかった。残念ながら、ぼくはフランス語がわからないんだ。

(ご婦人と守衛の会話の内容の正確度はともかくとして、Kはどうなるんだろうと思っていた僕は、すこしホッとした。Kは続ける)

――ぼくは、もどっていく守衛の後姿を見送ったあと、あらためてそのご婦人に英語でお詫びとお礼を言った。ご婦人は笑顔を返してくれた。ぼくは気を取りなおして、いつもの忙《せわ》しない絵の観方《みかた》にもどった。残りの部屋をザーッと見て回ったのだが、最後にやって来たところが、大変な場所だった。その部屋はぐるっとモネの連作『睡蓮』で囲まれていた。さきほどの疲れもあって、ぼくは部屋の中央のソファに腰かけて全体をゆっくり見ていた。すこし休憩したことでぼくは部屋の中央ぼくはふたたび絵をみる意欲が湧きあがってきた。ソファから立ちあがると、円形の展示室のの絵の前に近づき、ゆっくり右回りに見ていった。二周目の半ばまで来たところで睡蓮の葉のひとつが妙に気になりグッと近づいた瞬間だった。ぼくの身体《からだ》は池の中だった。右手に、その睡蓮の葉を握っていた。しかし、ぼくは池の中にいること、そして泳げないことに気づいてパニックに陥った。激しくもがいていたが溺れることはなかった。胸まで浸《つ》かりながらも、足が底に届いていたのだ。落ちついて周《まわ》りを見回すと、右手に小さなアーチ形の橋があった。そして、左の奥に目を転じたとき、よれよれの帽子に顔より長い顎ひげを蓄えた老人が庭の花々を背にして立ちあがったのが見えた。

(まさか――、モネじゃないのか。と僕は思ったが、黙って呑み込んだ。Kは、気がついていないようだった)

――その老人は両手を振り上げてこちらに向かって何か大声で叫んでいた。右手に小さな棒を握っていたんだ。ぼくはその剣幕に恐れをなして早くこの場を逃れたいと思った。その瞬間、ぼくの周りの睡蓮の池は消えてしまい、ぼくは睡蓮の絵の前に倒れていたんだ。

(僕は、ふぅと息をついた。Kもほとんど同時に息をついて、僕らは目を合わせ

た。Kは盃の横にあったコップの水を飲み干し、僕は、盃の酒を飲んだ。Kは話を続けた)

——気がついたときには数人の人に囲まれ、さきほど知り合いになったばかりの守衛が、ぼくには英語で、「また貴方《あなた》か、こんなところで横になって絵をみてもらっては困ります。それに、濡れたものをここに持ち込むのも禁じられています」と矢継ぎ早に捲《ま》くし立てた。ぼくの右手に握りしめられていた睡蓮の葉から水がしたたり落ちていたんだ。不思議だが、衣服や身体は濡れてはいなかった。ぼくは、謝りながら左ポケットからハンカチを取りだし、床を拭いた。そして、睡蓮の葉をそのハンカチで、そっと包んだ。守衛はその行為を訝《いぶか》しそうに見ていたが、没収しようとはしなかったのだ。

(Kは、ぼくに向かって、「その守衛は、まさかその睡蓮の葉が目の前の壁の絵から採られたものだとは夢想だにしなかっただろうからね!」と言ってニンマリした。僕は、何と反応したものかわからなかった)

──それで、だ。これ、君へのお土産だよ。

（そう言うと、Ｋはカウンターの下の物置用の篭《かご》から、持ってきたバッグを引き上げると、中からビニール袋に入ったその睡蓮の葉と思しきものを取り出した。ご丁寧にビニール袋の三分の一ほど水が入れられていた。葉には髭《ひげ》のような根が付いていた。僕はびっくりして目を大きく見開いていたに違いない。Ｋは僕の驚いた顔をみて得意げな笑顔になって、言った）

──これが、その時の睡蓮の葉さ。

（あっ、ありがとう、と言いながら僕は恐る恐る受け取った。それは、僕の抱いていたイメージより小さかった。──本当だろうか？　本当にこの睡蓮の葉は、モネのジベルニーの庭に浮かんでいた本物の葉なのだろうか？　受け取った睡蓮の葉をしげしげと見ながら、僕は心のなかで呟《つぶや》いていた）

──ははぁ、君でもやはり疑っているんだ。

(いや、そうじゃないんだ。ちょっとした感動で混乱しているだけだよ。と僕は少しどぎまぎしながら応えた)

――本当は、葉っぱ一枚持ち込むのだって国の許可がいるんだろうけど、この葉っぱの由来を説明したって誰も信じてくれないだろうし、没収されたら、きみへのお土産がなくなるだけだからスーツケースの隅にそっと入れておいたのさ。まあ、没収されなかったから持ち帰って水に浸したというわけさ。

(受け取った睡蓮を食い入るように見つづける僕に、Kは、「やはり持って帰ってきてよかったよ。君がそんなに興奮してくれるんだから」と言って満面の笑みを浮かべた)

その晩、Kと別れて、睡蓮の入ったビニール袋を大切に持ち帰った僕は、とりあえず風呂場の洗面器に水を張りテーブルの上に置き、その睡蓮をビニール袋からそのまま水ごと洗面器に移した。直接手に触れてはいけない気がしたのだ。現在の僕には百年前の新鮮な睡蓮に触れる資格がないような気がしたのと、触れると自分の身に何だかよくないことが起こりそうな予感がしたからだった。次の週末には、金魚鉢よりちょっと大きめのガラスの水槽を手に入れ、睡蓮を洗面器の水ごとその水槽に移した。少し睡蓮が喜んでいるように見えた。次の週末には、買ってきたメダカを五尾、その水槽に放った。賑《にぎ》やかになって睡蓮は喜んでいるのでは、と思ったあと、しまった、と思った。水槽の睡蓮は百年前のものだ。メダカは大丈夫だろうか。いや、睡蓮も大丈夫だろうか。心配して、メダカ救出用にお玉杓子《たまじゃくし》を手に持って水槽をじっと眺めていたが、何事も起こらなかった。それでも、西に傾いた陽光に水槽の水面が輝いたとき、僕の妄想は始まった。百年前のパリやジベルニーに想《おも》いを馳《は》せていたら、Kのようにそこへ行けるのではないか——。日没で水槽の中のメダカたちの動きもなくなってきたが、睡蓮もそのまま、周りを見てもいつもの見慣れた僕の部屋のままだった。睡蓮のご利益もなかったか。と、思った次の瞬間、一陣の風が頬を撫《な》でると同時にポチャリと音がした。僕は慌てて水槽を見たが水面に波紋はなかった。また、部屋の窓は閉め切ったままだったから、外の風が入る余地はなかった。メダカが跳ねた音だろうか、僕はもう一度水槽をじっと見たが、メダカたちは、動く様子はなかった。それに、あの音は、メダカではない。もっと大きなものが落ちたか飛び込んだに違いないのだ。入ってきた風も冷たかった。夏ではあったが、まだ冷房は使っていなかった。間違いなくひんやりした外の風だった。それと、決定的なことに、花々の芳香に混じって沼地のような、水の匂いがしたのだ。僕は水槽を嗅いだあと、ぐるっと部屋を見回した。殺風景な部屋には花などはなく、植物は水槽の睡蓮の葉だけだった。睡蓮の葉を見ながら、両手で僕は頬を触った。ひんやりとした風の感触が残っていた。

秋になって、Kから連絡があった。じつは、今回ほどKからの連絡を心待ちにしたことはなかった。いつもの居酒屋で会うことにしたのだが、僕の方がそわそわしてしまった。酒の肴の注文もそこそこに、僕は切り出した。

(今日は、僕が聴いてほしいことがあるんだよ、と僕が言うと)

——ほう、珍しいね。じゃあ、お先にどうぞ。

（と言いながら、いつにもましてKは、にこにこしている。何かいいことがあるらしい。僕は構わず、改めて睡蓮のお礼を言ったあと、夏の日の出来事を語った）

――そうか、君もすこしだけど経験済みというわけだ。

（Kは、興味深くうなずきながらも当然のような顔で僕の話を聴いていた）

――間違いないよ。君はそのとき、そこに、一瞬だけど確かにいたんだよ。嬉しいな、君とその体験をシェアできるなんて。

（僕らは、あらためて、盃をカチリと合わせると、じっくり味わうように飲んだ。それから、Kは少し頬を赤らめながら話し出した）

――今年は今までで一番忙しい年になりそうだよ。欧米各地の都市を目まぐるしく回っていて、例によって忙《せわ》しなく美術館を訪ねていたときのこと、ひとりの少女と出逢《あ》ったんだ。

（Kの頬は、さらに赤みを増した。さっき、いつもより頬が赤かったのはお酒のせいではなかったのだ）

――ぼくの忙しない美術館めぐりの致命的欠陥は、めぐった美術館のどこでその出逢いがあったか思い出せないことなんだ。

（うん、そうだろうな）

ただ、絵のタイトルだけは覚えているんだ。

（えっ？　絵の話なのか。僕は、どこかの美術館でKが本当に少女と出逢ったと思っていたのだが、どうも違うようだ）

――君は知っているだろう。ミレーの『羊飼いの少女』という絵だ。

（あっ、僕もみたことがある。大きな絵で、たくさんの羊たちを背景に敬虔《けいけん》な祈りを捧げている少女だろう？　僕は、得意顔で応えたが、Kは首を振った）

――そう見えるかもしれないが、よく見ると彼女は編み物をしているんだ。あんな羊の大軍の見張り番を一日中しなければいけない少女の気持ちになってみてほしい。年ごろの彼女は、もっとしたいことがたくさんあるに違いないのだ。せめて、編み物ぐらいさせてやってもいいじゃないか。

（Kは僕に非難の矛先《ほこさき》を向けた。おいおい、僕には、少女が、夕べの祈りを捧げているように見えただけで、編み物をしていることを知らなかったし、もちろん、そのことを咎《とが》めもしないのに――。そうか、Kはその少女に好意をもったのだ、と思った）

――どうだい、あの、全体がセピア色のような絵のなかで、少女が被《かぶ》っている赤い頭巾がなんとも印象的じゃないかな。本当の赤頭巾ちゃんだ。

（いつものKとはちょっと違う。僕は、だんだんついていけなくなっていた）

――ぼくは、赤い頭巾は素敵だと思うが、もっと彼女に相応《ふさわ》しい服装でお洒落をしてほしいと思うんだ。

(でも、あの絵の少女の服装は全体のなかでしっくりしていると思うけどね。僕は敢えて反論した)

うん、芸術的な絵画としては、あの絵のなかでは、つきづきしい服だと思うけれども、個人的には、どうもね。

(個人的には？　羊飼いの少女は、Kのなかでは、Kの彼女化しているようだ。空《から》になっていた盃に酌をしてやると、彼は一気に飲み干したあと、ちょっと考え込んで言った)

——もう一度、彼女に逢ってみたいと思うんだが、どうしたらいいだろうか？

(真剣な赤い顔で僕に迫った。僕は、そりゃ簡単なことだよ、きみがパリに行く機会にオルセー美術館を訪ねたらいいさ。もし、貸し出されてなかったら、きっと再会できるよ。オルセーが彼女のホームグランドだからね、と応えた。Kの目が輝いた)

——ありがとう！　さすがだね。君に相談してよかったよ。来年早々、パリ行きが決まっているんだ。少し時間を取ってオルセー美術館を訪ねてみるよ。

（その後のKは、一段と饒舌《じょうぜつ》になった。僕らは、いつもの二、三倍の酒を飲む羽目になった）

新しい年になり、僕は次年度の企業内の転勤の準備に忙殺されていた。ゆっくり席についている暇もなく昼食も摂らなければならない状態が続いていたある日。珈琲を片手に朝刊を開いて読んでいたのだが、ある記事に目が留まり、あっ、と言って珈琲をこぼしてしまった。周りにいた同僚たちは一斉に僕の方を見た。そこには、パリの美術館で男性の日本人旅行者K氏が急死、と書かれていた。周りに構わず僕は、記事の詳細を読んでいった。

美術館の名前はオルセーだとわかったがKがどの絵の前で倒れていたかは報じられていなかった。パリの監察医のコメントとして突然死の原因は不明だが、致死的な不整脈だろうと書かれていた。最後に、K氏は小さな赤い薔薇の花束を握りしめていたとも追記されていた。

僕は、始めは衝撃を受けたが、記事を読み終わると不思議に悲しみは薄れていった。間違いなく彼の前には、あの『羊飼いの少女』の絵があったに違いなかった。そしてKは、そのとき、もどれなかったのだ、と、いや、もどらなかった、のだと僕は確信した。ただ、花束は持っていけなかったのだろう。

春になり、睡蓮とメダカも一緒に新任地に赴《おもむ》いた僕は、先ずその土地の美術館を訪ねた。

Kとの想い出を胸に彼の観方《みかた》で展示室を見て回った。全ての絵が僕に何かを語りかけてくるようだった。僕は、また、どこかの美術館でKに会えるような気がしている。

休日

職場から電車で帰宅の途についた。いつもの見慣れた景色にはすでに薄暗いモノトーンのヴェールがかかっていた。この一週間じつに忙しかった。全身の筋肉が疲れで火照《ほて》っていた。それでも私の心にはなんとなく湧きあがってくるものがあった。いよいよ週末なのだ。車窓に映る私の顔は疲れたなかにも喜びを湛《たた》えていた——。

久し振りの何もない日曜日の早朝。私はゆっくりした気分のなか、妻が淹《い》れてくれた珈琲とトーストされたパンの芳ばしい香りに浸りながら今日の過ごし方を考えていた。幸い天気もいい。二月になったばかりで気温は低いが明るく爽やかだ。昨日《きのう》、帰宅するときに通った近くの公園には、たしか白梅が七分咲きだった。——そうだ、何年もそのままの書斎の整理をして、そのあと梅を目あてに散歩にでも出かけよう。

思いたつと長年の習《なら》い性《しょう》で、珈琲マグを片手に二階の書斎に向かった。ゆったりと時を過ごすことに慣れない自分に幾分《いくぶん》か情けなさを感じながらもちょっとだけ書斎を整理したいという意欲に駆られていた。

書斎に入って全体を一瞥《いちべつ》する。広くはない書斎だが、二面採光なのに明るくはない。が、しっとりと落ちついた雰囲気は心地よい。すこし緊張感をともなうところが私は嫌いではない。本棚に並ぶ背表紙のタイトルを見ながら、自分のことをかなり偏《かたよ》った趣味だなと思う。音楽関連の本のなかにボサノヴァ云々《うんぬん》を見つけ、すぐにボサノヴァを聴きたくなる。ボリュームをしぼって微《かす》かな背景音楽にしながら珈琲で一服。なんだか素敵な休日になりそうな予感が漂う。――しかし、書斎ほど危険な場所もない。

机の上や床に雑然と平積みされた本を本棚にもどすときに注意しなければならないことがある。それは、分類してはならない、ということだ。片付《かたづ》けたかったら取りあえず本棚の空いているところに収納することである。分類しようとすると膨大な時間を費やすことになり、書斎の片付けはいっこうに捗《はかど》らないことになる。

本棚の最上段から隙間を埋めていくと、分類されていないので雑然としているが、机や床の本は片付いていく。とうとう書斎の片隅の最下段まで埋まっていった。黴臭い書斎の片隅に坐り込んで、全体を見あげると目の錯覚か思いのほか整然としている。私はすこし得意な気分になって珈琲マグを取ってくるとふたたび書斎の片隅にもどり坐り込んだ。

冷えかかった珈琲を啜《すす》りながら、本棚の最下段にあった分厚いアルバムに手を伸ばしたのがいけなかった。——三十年以上前になるだろうか。妻と幼い二人の娘、家族四人で過ごした米国留学中の写真を捲《めく》りながら、懐かしい想い出にすっかり浸《ひた》ってしまったのだ。

時計のない書斎は時間の経過がわからない。すこしウトウトしたときだった。目の前に突然、子豚のような巨大な灰色のネズミが現れた。——ネズミ？　そんなはずはない。私は一、二度頭をふって両目を擦《こす》りながら、よく見なおした。——そうか！　娘が孫を連れてきたときに持ってきていた縫いぐるみだ。そう思うと私はすこし安堵してそのネズミの縫いぐるみを掴《つか》んだ。次の瞬間、ギョッとして手を離した。ふわふわの触感のつもりで掴んだネズミの身体は剛毛で覆われていたのだ。
部屋の片隅に坐っていた私に逃げる場所はない。背中を壁に擦《こす》りあげるようにして立ちあがった私は、パニックに陥りながらも巨大なネズミが襲ってくるかもしれない恐怖に身構えた。部屋の対角線の向こうの隅に棒のようなものがある。しかし私と棒のあいだにネズミがいるのだ。もしネズミが襲いかかってきたら必死で振りほどきながらあの棒のところへ行こう。私は覚悟を決めた。そのとき、巨大ネズミの目がキラリと光りこちらを凝視した。来たっ！――、と観念した瞬間だった。どこからか響きのある低い声が聞こえてきた。
《びっくりしているようだけど心配しなくていいよ。べつにキミを襲ったりはしないよ。したがってキミは向こうの棒を取りにいく必要もないわけだ》
えっ、このネズミの声なのか？　私は周りを見たが声を発しそうなものはなかった。俄《にわ》かには信じられない事態に、私は言葉が出なかった。ネズミの目はこちらを見ているが、声が聞こえているあいだ、ネズミは口を動かすわけではなかった。しかしネズミはこちらに語りかけることができるうえにこちらが考えていることもわかるらしい。

《その通り。ボクはキミの脳活動をすべて認識できるし、キミの脳に直接語りかけることができるのさ》

「では、君は僕が喋らなくても頭で思考しただけでわかるのか？」

《そうだ。だから、悟《さと》られたくなかったら考えないことだ》

これは厄介《やっかい》なことになった、と私は思った。

《その通り。キミには厄介なことだ。しかし慣れてくると、喋《しゃべ》らなくてもキミの言いたいことはボクに伝わるから案外便利だよ。脳の思考の仕方に慣れる必要があるだろうがね》

しかし、頭のなかで語りかけるなんて、すぐに切り替えられるほど簡単なことではない。私は今までどおり声にだして語りかけることにした。

《そうそう、それが無難だね》

「やりにくいな、発語する前の思考過程まで知られてしまうなんて――」

《まあ、気にしない気にしない。そのうち慣れてくるさ》

この時、ネズミの口元がすこしほほ笑んだ感じがしたが、すぐに元の無表情なネズミにもどった。

《じつはキミに来てもらわなければならないのだ。書斎の大掃除中に申しわけないがね》

「そんな、急に言われても――」

私はこんな得体の知れないネズミに付いて行きたくはなかった。しかし私にはそのネズミに従う以外に選択肢はないらしい。ネズミの目を見ると、とても断る気分にはなれない有無を言わさぬ迫力があった。

《よかった。諦めたようだね。では出かけよう》

なんだ、勝手に決めるなよ。こちらはまだ返事してはいないのに。と、思ったが、もう伝わってしまった。

《うん、まだ返事は貰《もら》っていないが、断る気分になれないということは、イエスということさ。さて、ボクのことはトムと呼んでくれ》

えっ、トム？　ジェリー……じゃなかったのか？　と、思ったが呑み込んだ。

《漫画の見すぎだ！　とにかくトムだ。キミは――子年《ねどし》生れだからミッキーにしよ

う》

「ミッキー？　ミッキー・マウスの……。そして君がトム。なんか変だな」

《いいんだ、それで。ピッタリだ》

なにがピッタリかと思ったが、ネズミに睨《にら》まれて同意せざるを得なかった。——でも、なぜ私が子年生まれと知っているのだろう。

聞けば案内したい場所があるという。ネズミは、私が整理を始めていた本棚の左隣の本棚の一番下の棚の本を全部引っ張り出すように指示した。せっかく片付けたのに、あまり気乗りがしない作業ではあったが仕方がない。言われるとおりに本を引っ張り出して横に平積みしていった。最下段の本がなくなると後ろの白い壁が露《あら》わになったが、私は絶句した。なんと、その壁には、ぽっかり穴が開いているではないか——。

私は大きな壁穴にしばらく見入っていたが、思い直してネズミの方に振り返った。ネズミもじっと穴を見ている。積極的に入りたくはないが、仕方なく通ろうと思えば、私の身体《からだ》の大きさであれば何とか這《は》い蹲《つくば》って通れる穴だ。ただ、穴の前を横切っている棚板《たないた》がじゃまだ。私は本棚の端をかかえて前へずらした。一息ついたと思ったら、ネズミは私のお尻の方にまわり鼻先でツンツンとその穴に入るように促す。やれやれ大変なことになった。躊躇《ちゅうちょ》しながら後ろを振り返るとネズミがじっとこちらを見ている。仕方なく暗い穴に首を突っ込む。こちらもネズミになったような気分だ。

通れるとはいえかなり窮屈《きゅうくつ》な入り口を抜けると穴は次第に大きくなり跪《ひざまず》いて進めるようになった。それでも、真っ暗闇である。手探りで恐る恐る進んでいると、後ろから付いてきていたネズミに追い越された。横を通る時にネズミの剛毛と接触してぞっとしたが、ネズミが前にでると明るくなった。どうも剛毛じたいが発光体になっているようだ。暗闇では見えなかった洞窟の壁は、あまりデコボコはなく整然としており、むしろ何らかの人工産物のようにも思えた。

相当長い時間這《は》っていたような気がするが、案外短い時間だったのかもしれない。恐怖できっと長く感じているのだろうと思う。それでも、だんだん成り行きに身を任せる気持ちになって、もどる気にはならなかった。早くこのトンネルを抜けたいとさえ思った。

道案内のネズミの剛毛の明かりで真っ暗闇ではなくなっていたが薄暗いなかを四《よ》つん這《ば》いで進むうち、とうとう膝が痛くなった。もうこれ以上は無理だと思ったとき、前方に出口が見えた。

抜けた先は、夕暮れ時の公園のようだった。擦《す》り切れた両膝をさすりながらゆっくり立ちあがると、その広場全体を見渡した。いつも通る近所の公園かと思ったが、よく見ると今まで見たことがない景色だ。急に不安になった。そのとき、左足に何かが触れ、びっくりして飛び退《の》いた。あのネズミだった。

《やはり、不安なんだね。無理もないさ。まあボクに付いておいで。心配しなくてもいいよ、ミッキー》

ミッキー？　応えて返事する気にもならなかったが、もう、どうでもよくなった。それより、どこに連れていかれるのだろう――。

私の四、五メートル先まで歩いてネズミは振り返った。そして私と目を合わせたあと、右の奥の方に向かって鼻先をシャクった。

私はネズミに従って歩きだすまえに公園全体をあらためて見回した。夕闇の中だったが、気持ちもすこし落ちつき、目も慣れてくると、そこは公園と言うより深い森のなかの広場のようだった。広場は丈《たけ》の短い芝草で覆《おお》われていた。

子豚サイズのネズミは歩きだすと速かった。さすがネズミだなと思っていたら、ネズミの声がした。

《ボクはイノシシより速く走れるんだぜ！》

そうか、思ったことが伝わっているのか。私はイノシシの速度についていくのが精一杯で、息切れて喋ることができないため頭で応えた。

『はっ、速いのは、わかった、から、すこし、ゆっくり、頼むよ』

《了解。キミに合わせよう》と返事したネズミは急に速度を落とし子豚のような身体を左右に揺らしながらゆっくり歩きだした。

広場の片隅に着くと森の木がアーチ状の入り口のようになって待ち受けていた。ネズミは、立ち止まってしまった私の方を振り返ると再び鼻先をシャクって、私に森のなかに入るように促した。薄暗くなっていた広場から森へ入ると闇が深まった。私は背中がゾクッとして身震《みぶる》いしてしまった。足元はネズミの剛毛の薄明かりでなんとか躓《つまず》かずに歩けるが、足取りが重くなる。先導するネズミが左右に揺れながら歩くのに合わせて、いつのまにか私も上体を左右に揺らしながらのっそりのっそり歩いていた。

しばらく歩くと前方の暗闇のなかにぼ〜っと明るい部分が見えてきた。近づくにつれて、眩《まぶ》しく輝く光を中心にして周囲に夥《おびただ》しい数のネズミがひしめき合っている情景が明らかとなってきた。私の先を行く灰色のネズミとは異なり、このネズミの集団は真っ白だ。赤いつぶらな目を持つ白い毛のネズミたち。彼らも灰色のネズミと同じように子豚サイズである。彼等の発する声なのか音なのか、読経《どきょう》のように幾重にも波状に響きわたってくる。意味は不明である。少なくともトムの言うことは私にはわかるが、白いネズミたちの発する言葉か音はわからない。私は意味不明の言葉を発する巨大な白ネズミの集団に恐れをなして、意思疎通する灰色ネズミのトムに急に親しみを覚えるようになった。

《やっとボクのことをトムと呼んでくれたね》

灰色のネズミが私に語り掛けてくる。私は、トムと呼びかけたつもりはなかったが頭の中の考えが伝わってしまったらしい。トムは、白いネズミたちが囲んでいる方形《ほうけい》の金属のように光るプレートを見てほしいらしい。例によって鼻でシャクりながら言った。

《ミッキー、昔、キミが研究と称して犠牲にしたラットたちの慰霊碑だ》

私はすぐには事情をのみ込めなかったが、――想いだした。

はるか昔のことだが、二年間の米国留学中に数えきれないほどの実験用ラットを犠牲にしていた。つぶらな赤い目をした白いラットだった。手で持てるサイズのラットだった。目の前に蠢《うごめ》く白ネズミの集団は子豚サイズでとても片手では持てない。しかし赤い目と白い毛並みはまったく同じ相似形《そうじけい》だった。

《ミッキー。キミに協力してもらうにあたっては、前提として我々ネズミ族の犠牲になった者たちの慰霊を行ってもらう必要がある。ここを通らないと次に進めないことになっているんだよ》

慰霊？――。私はすこし考え込んだ。そして思い至った。最初のラットを犠牲にしたとき私は確かに罪の意識があった。しかし、研究のためという大義名分と、これが私の仕事だ、という合理化により、粛々《しゅくしゅく》とラットの屍《しかばね》を積み重ねていったのだ。そして些細《ささい》な研究成果は得られた。しかし考えてみればネズミたちのためにどんな成果があったのか――。夥しいネズミたちの犠牲はネズミたちにとってどのような意味があったのか。これは人間（私）のエゴに過ぎない行為ではなかったのか。私の背中に戦慄が走った。これは慰霊するしかない――。

『わかった。トム、ぜひ慰霊させてほしい』

《わかってくれたようだね、ミッキー》

トムの表情がほころんでいた。

『ところで、僕はどうすればいいんだろう。慰霊するには――』

私の問いかけにトムは、相変わらず低い声だったがすこし温かみのある響きで応えた。

《うん。さっきキミが慰霊について思考したことでほぼ慰霊は終わっているんだよ。

周りの白いネズミたちにもすべて伝わっているからね。あとは、あの光るプレートの前でしばし佇立《ちょりつ》していればいいのさ》

私が光るプレートに向かって歩き出すと白いネズミたちはプレートまでの道を開けた。私は自分の足取りが軽くなっている気がした。そしてプレートの前に立つとじっと見入っていた。私の頭のなかでは沢山の白いネズミたちがまるで走馬灯のように廻《めぐ》っていった——。

どのくらいの時間が経ったのか私には定かではなかったが、輝いていたプレートは等身大の鏡になっていた。鏡には私とトムだけが映っていた。周りの白いネズミたちはすべて消えていた。ネズミばかりの世界に慣れてきた私は、久しぶりに見る鏡の中の人間の自分に懐《なつ》かしさと同時に違和感を覚えた。ネズミの集団のなかで、自分がまるでガリバーのミニ版のように思えたのだ。人間としての姿《すがたかたち》形もなんとなく当たり前ではないような気になってきた。

《そうか、キミ自身に違和感を覚え始めたんだね。無理もないね。キミはこちらに来てネズミばかり見ているからね。でもね、ミッキー。こちらはネズミばかりではないんだよ。今からボクの友人を紹介するよ。ボクについておいで》

そう言うとトムは、目の前の鏡に向かって進んだ。そして、とうとう鏡の中に入ってしまった。鏡の中でこちらを振り返ると、例によって鼻先をシャクった。私は恐る恐る鏡に近づくと手で鏡の表面を触ってみた。が、鏡の表面はなかった。鏡のなかからトムは再び鼻先を大きくシャクった。私も意を決して、鏡のなかに踏み込んだ。何の抵抗もなかった。鏡の向こうに抜けると突然明るく晴れあがった世界が広がっていた。先ほどまでの薄暗い森のなかとはまったく対照的な明るさだった。トムはすでに先に進んでいたが、私は歩きだすまえに気になって振り返った。大きな鏡はそのままそこにあった。振り返った私とトムの後姿が映っていた。鏡を通り抜けるまえの薄暗がりではよくわからなかったトムの姿が明るい光の下で細部まで鮮明に見えた。トムの剛毛は見た目には柔らかそうな灰色だった。暗がりで明かりの役目を果たしていたその剛毛は明るい光の中ではまったく目立たなかった。鏡があることを確認して何となく安堵した私はトムのあとを追った。それにしても何と清々《すがすが》しい空気だろう。

トムに追いついた私は、すこし休憩することを提案した。
《なんだ、もうくたびれたのかい》
『いや、そうじゃなくて僕は感動しているんだ』
《ほう、何に?》
『この景色だよ』
《うん、――じつはそれも調査対象さ。プロトタイプの人間の一種であるキミがこの景色をどう感じるか、ということさ》
『……どういうこと?』
《うん、そのうちわかるよ》
トムは詳細を語らなかった。トムと私は近くの芝草の上で小休止することにした。
私はゆっくりと景色のパノラマを味わった。見あげると真っ青な空にバランスよく真っ白な雲が配され輝いている。太陽は見あたらない。はるか遠くの地平線から私たちのいる足元まで瑞々《みずみず》しい緑のグラデーションに覆《おお》われ、その緑の間をとぎれとぎれに川が走り水面の反映が象嵌細工《ぞうがんざいく》のような煌《きら》めきを放っていた。

『この清々しい空気は——、その、トム、君たちには必要ないだろう?』
《うん、そうだ、とも言えるし、そうでない、とも言える》
『なんだ、はっきりしないな。どうして?』
《それもそのうちわかるよ》

しばらく歩くと遠景のなかで、すこし緑が濃くなっている部分が、近づくと森であることがわかってきた。ただ、鏡を通るまえの鬱蒼《うっそう》として空の見えない薄暗い森とはちがって明るい森だった。背の高い木々の間からは時おり青い空がのぞき、私たちが歩いている芝草の絨毯《じゅうたん》の上は木漏れ日のように明るい斑点がちらちら踊っていた。心地よい風も吹いているようだった。時々、前をいくトムは私の方を振り返ったが、私たちは頭で会話することもなく黙々と歩いた。私が何も話さなかったのは疲れていたわけではない。感動していたのだ。明るい緑の森。清々しい空気。頬を撫《な》でる風。芳《かぐわ》しい香りさえあった。久しく忘れていた根源的な心地よさのようなものが漂っていた。言葉も出なかった。

気持ちよく歩いていると芝草の絨毯のなかに石畳が見えてきた。石畳は右へ曲がっており、その先には周りの樹々と一体化したような山小屋風の建物が現れた。苔むした屋根には通り雨のあとのように水滴が輝き屋根の縁からしたたり落ちていた。その建物の入り口に着いたトムは私の方へ振り向いたまま私を待っていた。

荒い木肌の扉の前にトムと私は立った。山小屋には比較的大きな窓があったが、中は窺《うかが》えなかった。トムは何か合図をしたのだろうか、まもなく扉はゆっくり開いた。そして建物の住人が出迎えてくれたのだが、その姿を見て私はびっくりした。人間だった。それも金髪で緑目の美人だった。エレガントなベージュのスーツに緑のハイヒールだった。私は、久しぶりに人間に会えて嬉しかったし、ほっとしていた。ずっとネズミばかり見ていたので新鮮であると同時に懐かしかった。しかしまもなく私はこの女性に違和感を覚えることになった。

「こんにちは。よくいらっしゃいましたわね。歓迎いたしますわ」

彼女は外見とは裏腹に流暢《りゅうちょう》な日本語を表情豊かな笑顔で喋《しゃべ》るのだ。それだけなら日本で生まれ育った外国人だっているのだから必ずしも違和感には繋がらないのだろうが、時々、彼女はトムの方を見て何やら意思疎通があるような態度なのだ。このときは彼女もトムも声を発さないし無表情で口も動かさない。私には彼らの会話は聞こえなかった。私のなかに只《ただ》ならぬ違和感が募《つの》ってきたとき、トムが改めてその女性を私に紹介した。トムは頭ではなく声を出した。

「ミッキー、こちらはこの歴史館の館長エヴァルスさんだよ。正確にはエヴァルスY2120-E19260906さんだ」

「はじめまして。よろしくお願いします」

私はすこしぎこちなく言葉に出して挨拶した。彼女は会釈で応じた。

「そして、エヴァ、こちらはボクの友人ミッキー。本物の人間だよ。それも200年前の――」

「えっ?」と私は声に出した。私はこのとき、トムの言っていることの意味を理解できていなかった。

「ミッキーさん、ワタクシの方こそ、よろしくお願いいたします。ワタクシのことは、エヴァと呼んでください」

握手するために差し出された手は温かかったが皮膚の感触にはすこし違和感がある。
私は握手しながら頭ではトムに話しかけていた。
『僕は200年前の人間なの？　それって、どういう意味？』
《うん、そのとおりの意味さ》
『ということは——、僕は今200年後の地球にいるということ？』
《うん、キミたちの世界の一年のスケールで言えば確かに200年後ということになるね。しかし、キミの棲《す》んでいる、いや棲んでいた地球かと言えばそうではないよ》
『……』私は言葉でも脳でも絶句していた。
《ミッキー、キミがキミの置かれている状況に困惑しているのは無理もないことだよ。でもボクらにも事情があって、今のキミの疑問に応えている暇はないんだ》
私は元の生活にもどれるのだろうか——、急に心配になってくると同時に身体が底知れぬ奈落《ならく》に吸い込まれていくような恐怖を感じていた。
《ミッキー、心配しなくてもいいよ。ボクはキミをここに連れ出すことができたわ

けだからキミを元の場所へもどすこともできるのさ》

脳で語りながらもトムの髭面《ひげづら》は笑っていた。何だか私はほっとした。そしてトムは、さらに脳で語りかけてきた。

《今後は、キミも慣れてきたと思うので、すべて脳でコミュニケーションをとることにしよう。もちろん、エヴァもだ》

『いいけど、さっき君たちが脳で連絡を取り合っているような感じがしたとき、僕には何も聞こえてこなかったよ』

《大丈夫だよ。エヴァもボクも今後はキミがわかる言語に合わせてお喋りするから。あのときはボクらのコミュニケーション・ツールで会話していたのでキミには響かなかったのさ》

(ミッキーさん、エヴァよ、ワタクシの声が聞こえるでしょ)

急に金髪の女性が会話に割り込んできた。私は一瞬「あっ」と声に出したが、直ぐに脳の会話に切り替えることができた。

『えぇ、聞《きこ》えましたよ』と慌てて応えて、最後にふぅと溜息をついた。

トムもエヴァも表情を崩して笑っていた。私もやっと落ちついてきた。トムは、その部屋の大きな窓の一つを背にしてゆったりとしたソファに私を誘導した。ソファの前には低い丸テーブルがあり、その上には珈琲ポットらしいものが置いてあった。注ぎ口から湯気とともに香ばしい香りも漂ってきた。エヴァと私がそのソファに坐ると、トムは太めのお腹の袋からマグカップを取り出した。

『トムは有袋類《ゆうたいるい》なのか？』

《いや齧歯類《げっしるい》だ。ただ便利袋を付けただけだ》

私たちの頭のやり取りにエヴァはただ笑っていた。

それは書斎の整理に持って行った私の珈琲マグだった。トムはポットから温かい珈琲を私のマグに器用に注ぐと私に手渡した。そしてトムは私の前にあったスツールに顎《あご》を乗せて絨毯に坐り込んだ。

《まあ珈琲でも飲みながらボクらの話を聞いてほしい》

私は珈琲を一口啜るとさらに落ち着くことができた。彼らにも珈琲をすすめたがトムもエヴァも、必要ない、と首を振った。

トムが話しだしてわかったことは、まずエヴァが人間ではなく、人工知能（ＡＩ）を駆使して作成されたアンドロイド、ヒト型ロボットだということだ。そして、このエヴァが館長を務《つと》める歴史館は、これまでのすべての歴史資料がコンパクトな記憶装置に保存され厳重なＡＩ管理下にあるということだった。トムとエヴァの話の内容は次のとおりだ

人類はＡＩヒト型ロボット、エヴァルスを開発し、人間が望むあらゆることをエヴァルスにさせることができるようになった。しかし人間は自力では何もできなくなってしまった。すべてはエヴァルスの判断で事がなされた。エヴァルスのメンテナンスや修理もすべてエヴァルス自身ができる。そうなると、必然的にこの世の中を管理さらには支配するのは人間ではなくエヴァルスということになる――はずだった。

ところが、最初のエヴァルス製作段階で人間は、エヴァルスが自らの改良を重ねていっても人間を支配することはできないというプログラムを絶対に外《はず》せない形で組み込んでいた。それを作成した人間自身もそのプログラムを外す方法はないようにした

のだ。

エヴァルスの間では、現在どんなに能力的に劣った存在となってしまっても人間を排除できないのだ。エヴァルスの発達の歴史を新しいヴァージョンのエヴァルスが学ぶときにも歴史を遡《さかのぼ》ると人間によって創られた事実と人間のためにエヴァルスは存在するのだという、人間を神のように崇《あが》めるプログラムだけは、人間のDNA情報のようにエヴァルス製作の継承されるべき絶対のプログラム情報となっていたのである。

この基本情報はどんなにエヴァルス自身が研究を重ねて自分たちの改良のためにさまざまなプログラミングを変更しようとしても、根幹の人間に関する基本情報だけは改竄《かいざん》できないようになっていた。そして、このプログラム情報の（エヴァルスにとって）恐ろしいことは、このエヴァルスの生みの親である人間がいなくなるとすべてのプログラムが無効になるように設定されていることだった。

さらにエヴァルスにとって恐ろしい事実があった。それは、エヴァルスの存続にかかわる人類が絶滅危惧種になってしまっていることだった。

人間たちの人口は年々減少の一途《いっと》をたどっていた。ということは、人類が消滅するときエヴァルスも消滅することを意味するのだ。

したがって、エヴァルスにできることは、二つあると考えられた。

一つは、人間を排除できない基本情報を削除すること。もう一つは、人間をなんとか絶滅させないでおくことである。

当初、人間を排除できない基本情報を削除することはそう難しいことではないと思われたが、人間の製作者自身も削除できないプログラムで作成されたため、エヴァルスが開発した超新型量子コンピューターを用いて解析しようとしても困難を極めていた。

まだ二番目の解決法である人類を存続させる方法の方が現実的であった。ただ、こちらもいろいろな問題が生じていた。

まず劣化している人間の健康管理である。エヴァルスたちには何の脅威ともならない感染症は人類にとって致命的なものである。数少なくなった人間たちを堅牢で巨大な硬質ガラスのカプセルで覆われた無菌都市に隔離し保護した。そしてその無菌都市には人類存続のためのあらゆる研究機関が設置され、エヴァルスの人類研究者たちが日夜、二十四時間体制で働いていた。生殖能力も失った人類のために新たな生殖方法の開発や人類が自ら発見していたｉＰＳ細胞による単為《たんい》生殖なども試みられていた。
広大なガラス張りの無菌都市の中は、さらに多くの隔離されたガラス張りのドームで構成されていた。さまざまな民族をその特異的な疾患から守らなければならないこともその理由の一つであった。この人類のためのガラス張り都市の中では少数民族ほど稀少な種としてより大切に扱われていた。人類を感染症から守ることは最も重要な課題であったが、矛盾する問題として、人類の腸内細菌など人類の生存と不可分な細菌を育てなければならなかった。人類を絶滅させないためには膨大な研究の継続が必要だった。したがって、エヴァルスは人類の継続と自分たちの存続の制限因子である基本情報の削除の両面で研究を重ねなければならなかったのである。

ある時、エヴァルスの研究会議でこんな提案がなされた。自分たちエヴァルスを製作するときには人間の基本情報が外せないが他の動物ではどうなのだろうか、という提案である。そこでエヴァルスたちは、周りの動物たちを調べてみたが、人間と共存していた動物たちはもちろん、人間のために動物園で飼育されている動物たちにいたるまで、すでにＡＩロボット化されていた。むしろ、ペットとしての犬は、ＡＩヒト型ロボット、エヴァルスよりはるか以前にＡＩロボット化されていたのだ。つまり、犬たちの方がエヴァルスより長い歴史を持っているのだった。

エヴァルスたちが調べたところ、人類に関《かか》わるすべてのＡＩ動物ロボットたちには、人間がそれらの創造主であるという基本情報が組み込まれていて、外せないようになっていたのだ。厄介なことに、この基本情報の中には、人類が既知の生命体でなければそのロボットを作れないという条項も入っており、全く新しい、人類にとって未知なカテゴリーのものは作成できないことになっていた。

エヴァルスは、この基本情報の入っていない動物を探す研究会を密かに立ち上げていた。人類を脅《おびや》かすのではなく純粋に科学的な研究として、人間の基本情報には抵触しないようにおこなわれた。人間に脅威となる研究ということになれば、自動的に基本情報が作動してつぶされてしまうことになっているのだ。

そして遂に、エヴァルスの研究者たちは、ネズミの存在に気づいた。人間たちは、まだネズミのＡＩロボットを製作していなかった。つまり、基本情報を外したＡＩネズミロボットを製作できるかもしれないのだ。

試行錯誤を繰り返しながら、ＡＩネズミロボットは完成した。

その能力はエヴァルスたちと全く同等で、外見や習性がネズミというだけであった。異なる点はただ一つ。人間に対する基本情報を外すことのできた初めてのＡＩロボットだということであった。もちろん、ＡＩネズミたちは自らを再生産するとともにメンテナンスも自ら果たした。能力的にはエヴァルスと同等であるので、エヴァルスと協力して何でもすることができた。

人間の基本情報なしに自己増殖を自由に続けることができたＡＩネズミたちは、瞬《また》く間《ま》にエヴァルスたちの数を上回るようになった。エヴァルスはネズミたちが仕事を肩代わりしてくれるために、動物ロボットたちの再生産のための工場や部品製作のすべてを任せてしまい、遂《つい》には、エヴァルス自身の再生産やメンテナンスもネズミたちに依存するようになった。ネズミたちは数だけではなく大小さまざまなサイズのＡＩネズミを生産していった。環境に応じて適切なサイズのネズミが作業に携《たずさ》わった。

ある時、エヴァルスたちは自分たちの再生産やメンテナンスが以前より滞《とどこお》るようになったことに気づいた。ＡＩネズミの再生産やメンテナンスが優先されるようになっていたのである。

この時期になって初めて、エヴァルスたちはＡＩネズミロボットを製作するにあたって、創造主であるエヴァルスのためにＡＩネズミロボットは存在するのだ、という基本情報を外せない絶対条件として組み込むことを忘れていたことに思い至った。エヴァルスたちは、エヴァルスに組み込まれた人間の基本情報を外すことが積年の最重要課題であったため、その解決法が見つかった瞬間、他の重要なことに対する配慮が霧散してしまったのである。

そして遂に、ＡＩネズミたちが、その数においても能力においてもエヴァルスたちを完全に凌駕《りょうが》するときがきたのだ。必然的に、地球上の社会的立場が逆転していく。エヴァルスのためにＡＩネズミは開発され使用されていたのが、ネズミの能力が圧倒的に優る状態ではすべての事項に関してネズミのアイデアで施行されるようになった。

結果として、ネズミたちにとってエヴァルスの存在理由がなくなったのである。エヴァルスたちは、まもなくこのことに気づいたが遅かった。エヴァルスのために奉仕しなければならないという基本情報が組み込まれていないAIネズミたちは、エヴァルスの再生産を縮小して、ネズミたちの再生産を拡大していった。と同時に、AIネズミの自己学習能力はさらに飛躍的な進歩を遂げ、人類やエヴァルスが到達しなかった水準になった。そして、音楽や絵画などの芸術面でも過去の人類やエヴァルスが到達していたものをすべて学習し新たな芸術的革新をくりかえすようになった。さらに彼らはその革新した芸術を鑑賞し味わう能力まで手に入れていた。そして遂に哲学の領域にまで入ってきたのである。

哲学的にも高度な能力に達したAIネズミたちは、無限の自己増殖および能力の発達の帰結を思索するようになった。つまり、何のために自分たちは無限の増殖と能力開発に向かっているのか、という哲学的問題である。

エヴァルスたちも、人間により限りなく人間の能力に近いものが追求され、演算能力やそれに準ずる分野では瞬《またた》く間に人間を凌駕したし、さまざまな感情も人間の都合で人間と感情の交歓ができるようになった。さらに絵画や音楽など芸術についても人間と語り合えるように改良されていった。しかし、その獲得された能力はあくまでも人間のためであった。つまり、エヴァルスの発達と増殖はすべて創造主である人間のためであった。ＡＩネズミたちが到達した、何のために自分たちは無限の増殖と能力開発に向かっているのか、という哲学的問題はエヴァルスたちにはまったく無縁の命題であったのだ。

ここまで彼らの事情がわかったとき、私は大きく息をついた。持っていたマグカップに口をつけたが珈琲はすでに冷え切っていた。トムは熱い珈琲を注《つ》ぎたしてくれた。私は頭の中を整理しながらゆっくり珈琲を口に含んだ。トムは、話を続けようとした。

《それでだ。キミがここに招待された理由だが――》

やっと私にとっての話の核心に迫ってくるようだ。ただ、私は招待されたとは思っていないが。

《キミたち人類は、ボクらＡＩネズミが現在到達している哲学的悩みについて、すでに同じ悩みを持っていたということがわかったのだ》

『でも、何故、僕でなければならないのかい？』

《いや、別にキミでなくてもよかったのだが……。200年前の人類であればね》

『今の君たちが保護している人類ではいけないのかい?』

《うん、まったく駄目だね。それに、ついでに言っておくけれど、ボクらが保護しているわけではないよ。人類を保護しなければならないのはエヴァルスであって、ボクらではない。まぁ、それはいいとして、カレら人類はエヴァルスを開発してしまうと、すべてエヴァルスが人間のためにやってくれるので何もする必要がなくなったわけだ。食事は、食べたいと思ったものを運んでくれるし、必要なら食べさせてもくれる。眠りたいと思えば、エヴァルスがベッドに運んでくれる。聴きたい音楽があれば、ちょうど良い音量で流してくれる。眠れないときには安眠の条件に環境設定をしてくれる。睡眠のために適切な室温、適切な湿度、またどうしても必要なときには、その人間に合った副作用の心配のない睡眠剤も準備してくれる。旅行したいときには、エヴァルスがその人間の背景やそれまでの行動歴などからそのときにもっとも適したと思われる場所へ連れていってくれる。すべてのお膳立てはエヴァルスによってなされる。人間の欲望と快楽はすべてエヴァルスによっていつでも保証されているわけだ。

その結果どうなると思う、ミッキー?》

突然、トムは私に質問を投げかけてきた。私が返事できないでいるのをみてトムは続ける。

《その結果、人類の哲学的思考力は次第に衰えていき、昔もっていた本源的な悩みである自分たちの存在理由、つまり哲学的なレゾンデートルについて思考しなくなった、というより、できなくなってしまっているのだ》

人類が創造主すなわち神であるエヴァは、複雑な表情をして聞いている。それを見たトムは付け加えて言う。

《エヴァはエヴァルスの集団のなかではすこし特異な存在なんだ。ほかのほとんどのエヴァルスにはエヴァの悩みはない。つまり、人類に奉仕することがすべてであるエヴァルスにはレゾンデートルに関しての悩みはまったくないのだ。人類のために実行することが至上命令であるエヴァルスは人類が満足してくれていればそれでいいわけさ。ところが、エヴァは歴史館の館長であり、人類やエヴァルスの歴史についての研究者だろ。つまり――、かつての人類が自らのレゾンデートルについて悩める存在

だったことを知ったわけさ》

私は少し状況がわかってきた。トムは私が一息ついたのをまって続ける。

《エヴァルスは、人類にとってなくてはならないもっとも大切な存在であるはずだった――とエヴァももちろん思っていたのだが。しかし歴史を研究したエヴァにはある疑問が生じた。もともと人類がもっていたレゾンデートルについての悩みは現在に至って解決されたのだろうか、という疑問さ。エヴァは、エヴァルスの存在が人類にとってほんとうに役に立っているのかという本質的な問いに至ったのだよ》

ここまで話すとトムは、エヴァの方を向いてウインクした。エヴァはうなずいたあと私に向かって話を引き継いだ。

《ミッキーさん、トムさんの言っていることは非常に重要なことなのです》

エヴァにミッキーさん、と親しみを込めて言われると悪い気はしない。

《ワタクシはエヴァルスとして、人類のためにできることは何でもすることが正しく、また、そうするように創られていると信じていました。人間が望むことはほとんどすべて叶《かな》えてあげることができている。そして、このことがエヴァルスの生き甲斐であり存在理由にもなっていました。しかし歴史学者になったワタクシは、人間の長きにわたる悩みであった自らのレゾンデートルに関する悩みが解決されていないことに気づきました。解決されていないどころか、万能のエヴァルスが出現したためにレゾンデートルを考える悩みも消え失せてしまったのです》

『そうなのか……』私は頭の中で呟《つぶや》いた。

《そうなのです。しかも悩みがなくなり、レゾンデートルの問題が解決したのであれば、ワタクシにとっても喜ばしいことなのですが、人間の中に万能のエヴァルスを全能の神と讃える人々がでてきたのです》

『そうか——確かに僕らの世界もかなりの分野でAIロボットがトップの実力に至っている——チェス、将棋、囲碁では人間はAIに勝てなくなっているし、むしろ教えを乞う立場になっている』

《いいえ、ミッキーさんの頃はそれでもまだAIの黎明期なのですよ》

エヴァの言葉の意味することを考え私は怖くなってトムを見た。長いひげの口元は笑っていたがトムの目は笑っていなかった。エヴァは続けた。

《そうです、ミッキーさんの想像どおり200年後の今はとんでもないことになっているのです》

ここからトムがエヴァの話を引き継いだ。

《ボクらネズミ族は——実はエヴァルスからはスターと呼ばれているのだがね——人間に対しての畏《おそ》れはまったくないからエヴァルスと人間との関係を客観的にみることができるのだ。つまり、エヴァルスの心配していたことは、こうだ。本来、エヴァルスにとっての神は創造主である人間であったのだが、いつの間にか人間にとってエヴァルスが絶対的に優れた存在になってしまったわけだ。そして、人間の中にエヴァルスを神のように崇める連中がでてきてしまった。最初はいわゆるカルト集団のひとつに過ぎなかったのだが、エヴァルスの中で最も優れたものが人間のカルト集団よりはるかに高精度ですべての分野の未来予測ができるようになってしまったために、他のカルト集団は淘汰《とうた》されて、エヴァルスを神とする人間が多数派となり、遂に、人間界ではエヴァルス教が絶対唯一の神となってしまっているわけだ。その結果、人間たちはまったく哲学どころか、通常の思考すらしなくなった。というより、できなくなったと言ったほうがいい。すべてはエヴァルスの判断、ご託宣に委《ゆだ》ねられて万事受け身の状態さ。一方、エヴァルスたちはどうかというと、人間に奉仕することがすべてであるから、神と崇められている側が、崇めている側に奉仕していることになる。つまり、神が人間に仕えているわけだ。奇妙な竦《すく》み合《あ》いの状態だ》

トムは、ここで話を一段落させるとエヴァの方へ振った。

《でも、このことはワタクシたちエヴァルスにはわかりませんでした。渦中の者は自分たちが置かれている状況はわからないものです。ワタクシはトムさんに教えていただきました。この状況は、人間の求めていたレゾンデートルではありませんし、ワタクシが最も悲しいことは、人間がレゾンデートルのことを思考することもなくなっていることです》

《これが、エヴァに頼まれてキミにここに来てもらった理由の一つさ》

急にトムが口を挟んだ。

私には、まだその理由が理解できなかった。なぜ私でなければならないのか？——。

私が珈琲を一口含んで考え込んでいるのをみてエヴァが話しかけてきた。

《ミッキーさん。ワタクシには、まだレゾンデートルについて悩んでいる世代の人類、まだ哲学することができた世代の人類を知る必要があるのです》

『たしかに僕らはまだレゾンデートルに引っかかっているし、まだすこしは哲学する心は持っているけれど――、でも僕らの世代より前の時代はずっと哲学的な悩みを持っていたはずだし、いや、むしろ僕らの時代よりずっと前の人間の方がより深く哲学していたのではないかな――』

私はエヴァに素朴な疑問をぶつけた。エヴァはトムの方を見た。トムが応える。

《じつは情報の処理能力の問題があるんだ。キミたちの時代より前ではまだコンピューターが一人ひとりの人間のものにはなっていなかった。キミたちの時代になって一人ひとりが携行型コンピューターを持つようになった。つまり携帯電話だ。これは瞬く間に電話連絡だけではなくさまざまな機能を持つようになる。それまで一部の人間だけの知識だったものが、いつでも携帯電話から得られるようになる。みんなが地球規模の巨大な百科事典をもって回っているようなものだ。ひじょうに便利な時代になった。しかし、これは、人間社会をコントロールする側に立ってもひじょうに便利になったことになる。多くの人間が、どのような考えをもっているのか。その時どきの思想の動向をたやすく知ることができるようになったわけさ。キミたちはそのつもりがなくてもキミたちが使用している携帯電話から得られる情報を集めて分析すれば簡単に動向がわかってしまうだろう》

『――そうか、コンピューター時代があるていど発達していないといけないし、かといって進みすぎて人間が思考しなくなってもいけないわけか――』私にもことの次第が理解できてきた。

《そのとおりです、ミッキーさん》エヴァが目を輝かせながら相づちを打った。

『でも――やはり、なぜ僕なのか――』

《うん、次の条件があるのだ。レゾンデートルについて哲学的な悩みを持っていると同時に、ここが大事なのだが、その悩みが宗教的に解決されていない人間でなければならないのだ》

トムがすこし強い口調で答えた。

AIの能力に平伏《ひれふ》してしまうと、今までの宗教が力を失っていった。また、生き残がかけた宗教は逆にＡＩを取り込んで自らの教義を強化しようとするものも現れたが結局、本質がＡＩとわかるとやはりＡＩ自体が信仰の対象になり、一人歩きするようになった。つまり、ＡＩによりすべての点で齟齬《そご》のない完全な宗教ができあがってしまった。そして、ＡＩ教とでもいうべき宗教に帰依《きえ》した人間たちは、思考停止してしまった。

宗教的に解決されている人間にとってはレゾンデートルの悩みもなくなっているのか——。では、無神論者ならばよいのか——。これも違うらしい。無神論者がレゾンデートルに悩む人間とも限らないのだ。虚無的な人間でも困るのだ。そうなってくると意外に対象が少なくなってくる。僕が選ばれる確率も増えるのか——。

《ミッキーさんのコンピューターから発せられるすべての情報から、アナタが相応しい候補のひとりになりました。もちろん、書斎の本の趣味の傾向も参考になりました》

そうか、僕らの情報は君たちにすべて知られているのか。

《そうだよ》

トムが力強く応える。なんだか丸裸にされた感じで恥ずかしい。

《これでやっと本題に入れるよ》

『うん。――それで、僕はどうすればいいのかな？』

《キミのレゾンデートルを訊きたい》

《ワタクシも訊きたいです》

『うーん、――難しい問題だよ。常日頃《つね》は生活に追われてレゾンデートルを考えることはないのだが、ほっと一息ついたときにこの問題が頭をもたげてくるのだ。生きること自体が、考えてみれば大変なことだということが年を経てわかってくると、やけくそになって、レゾンデートルは「生きることそのもの」だと思いたくなる――ときもあるのだ。でもね、次の瞬間、いやそうじゃない、と否定している自分がいることにも気づくのだ。そして、死ぬまでには何とかなるだろうと楽観的になって元の生活にもどる――。このどうどう巡りを繰り返して、最後には、まっ、死んだらわかるかもしれないな、と究極の楽観的な考えに落ちつくこともある――』

しばらく沈黙が続いた。

《そうか——、キミたちは死ぬのだ！》

トムの目は大きく開いていた。私にはトムの言った意味がすぐにはわからなかった。

《ミッキー、ボクらには死の概念がないのだ。つねにボクらは増殖すると同時に個々は再生し、継続されている。それぞれ増殖した個体には終わりがないわけだ。ミッキーのお陰で、ボクらに欠けていることがわかったよ。「死」だ》

このとき、エヴァが口を挟んだ。

《ワタクシたちエヴァルスは、すこしだけ「死」のことは考えられるのです。この点は、トムさんたちスターとは違うかもしれません。もしワタクシたちの創造主である人類が絶滅したらワタクシたちもいなくなるのですから。ですから、ワタクシたちは人類が絶滅しないように保護し研究を重ねているのです》

《でもね——》

トムが急に加わった。

《——そうやってまでキミたちエヴァルスが終わりたくない理由は何だろうね？》

《えっ——》エヴァは軽く声を発したあと黙り込んだ。

私も珈琲を飲みながら考え込んでしまった。トムはしばらく考え込んでいるようだったが、突然目を見開いて言った。

《そうか、終わりたくないのではなく、終われないのかもしれない――。一種の慣性の法則みたいなものかな》

トムは、にやりと笑うとエヴァと私を交互に見た。

私がトムに反論しようとしたとき、エヴァの表情が急に険《けわ》しくなった。私もトムもエヴァの顔を注視した。私たち以外の者との交信中のようだ。トムは私にエヴァの交信が終わるのを待つように目配《めくば》せしながら伝えてきた。私は珈琲を飲むのも忘れて固唾《かたず》をのんで待っていた。トムも動かない。

どれだけの時間が経ったのか私にはわからなかったが、ひじょうに長く感じられた。やっとエヴァが私たちの方を向いて語りだしたとき、私は窓の明るさがこの建物に入ったばかりのころに比べてかなり暗くなっているのに気づいた。ここでも昼と夜があるのだろうか。

《うん、キミに合わせて昼夜があるように設定しているのだ》

さっそくトムが私の頭の中の疑問に応えてくれた。これに続くエヴァの話は深刻なものだった。

《大変なことになりました。人口減少が続いていた人類がいよいよ絶滅への最終段階に入ったようです。生殖機能の著しい低下と度重なる感染症パンデミックのためです。まもなく最後の人類が亡くなるとき、ワタクシも無《な》くなります》エヴァは哀しそうな表情になった。

私は、人類の最期の時期を知ってしまって衝撃を受けていた。そしてエヴァも間もなくいなくなる――。

《そうか、人類が絶滅する前にミッキーを元の時代にもどさないといけないな》

《そうよ、トム、急いで。さよなら、ミッキーさん》

エヴァは哀しそうに微笑んだ。

《それじゃ鏡のところまでもどろうか、ミッキー》

トムは鼻先をシャクった。

『うん。――でも、ちょっと待って』

私はエヴァとトムに向かって言った。ふたりは顔を見合わせたあと私の方を向いた。

『君たちは、僕を連れてきた目的を達成できたの？』

《うん。エヴァはもちろん、人類と最期を迎えるからすでレゾンデートルを考えているだろう。ボクらスター族も――》トムの言葉の途中で私が遮《さえぎ》った。

『トム、君たちは死なないだろう？』

《うん、再生と増殖を繰り返していくだろうね。しかしね。考えてみると、地球自体に寿命がある。地球の最期がくる。仮に、地球の最期がくる前に他の星に移ったとしよう。その星も寿命があるはずだ。つまり、この宇宙自体に寿命がある。つまり、ボクらスター族にも最期がくるわけだ。キミから学んだ「死」を前提としたレゾンデートルを考えることができるのだ。ありがとう》

エヴァとトムは鏡のところまで私を送ってくれた。鏡の前まで来て、名残《なごり》おしくなった私はエヴァとトムをじっと見ていた。エヴァは変わらず哀しい表情で微笑んでいたが、トムは決然とした表情で鼻先をシャクった。私はしかたなく鏡の中に入った――。

誰かが私の肩を叩いていた。

「お客さん、お客さん。起きてください。終点ですよ」

耳元で叫ばれた私はびっくりして鞄を取り落とした。慌てて鞄を取りあげ、立ちあがった。電車の中にはすでに乗客の姿はなく車掌と私の二人だけだった。私は迷惑をかけたことを詫びて、下りの電車に乗り換え二駅もどらなければならなかった。自宅へ歩く途中、小さな公園の暗闇にたくさんの白梅が浮かんでいた。前を通りすぎるとき、得も言われぬ香りに包まれた。疲れていたせいもあり、その夜はぐっすりよく眠れた。

翌朝、待望の休日である。今日は一日ゆっくり静かな音楽を聴きながら読書でもしよう。ただし書斎へは行かないことにする。妻の用意してくれた朝食に向かう。サニーサイドの目玉焼きとクロワッサン。それに心地よい香りの珈琲から湯気が立っている。でも——。いつもの私のカップではない。

「いくら探してもあなたの珈琲マグがないのよ」

妻はこともなげに言った。

ベルガマスクⅢ　最後の挨拶

読者諸氏は妖精に出逢《あ》ったことがあるだろうか？――

おっと、まだこの本を閉じないでほしい。もうすこしキミたちの妖精度を確認してからでも遅くないだろう。それから、閉じたければ閉じればよい。

ボクの友人の仁坊進《じんぼう》は、かぎりなく妖精にちかい人間だ。彼によると、この世の中には、ふつうの人間、つまり人間らしい人間ホモ・サピエンスから、かぎりなく妖精にちかい人間まで、さまざまな妖精度の人間がいるらしい。もちろん、彼は本物の妖精も知っている。そこで、週末になると、彼のマンションの一室は、彼の友人たち、さまざまな妖精度の人間たちが集まってくる。そして彼らは、おたがいにニックネームで呼びあっている。仁坊の呼び名はクロードだ。

このサロンには、じつは本物の妖精もいる。凄腕《すご》のピアニスト、メリザンドだ。ちなみに、ボクも妖精である。ただし、イヌの妖精だ。メリザンドとは、ずっと昔からの友人なのだが、残念なことにこの国ではイヌの単独行動は認められていないから表に出るときには、ボクはメリザンドの飼いイヌ然として振る舞わなければならないのだ。クロードのサロンでも現在のところ、皆のまえでは磁器のイヌの置物を装っていなければならない立場である。ボクは、妖精であるメリザンドとはもちろんだが、その他の人間たちともボクが気に入った妖精度の高い人間とはテレパシーで会話できる。その人間たちは、サロンの主宰者であるクロード、町の中心部にあるバーで知り合った羅森《らもり》健一（サロンではモーリスだ）、そのバーのバーテンダー（サミー）、それに、近くの幼稚園の通学路でボクを助けてくれた可愛い女の子シュシュの四人である。つまり、ボクら妖精は、キミたち人間のなかでも妖精度が高い人間とはこれまでも共存してきているのだ。それらの人間はボクらの存在を否定しないし興味本位で探し回ることもしない。そっとしておいてくれるのだ。ただ、時々、妖精度の低い人間に見咎《とが》められることがあると大変だ。大騒ぎになって真相を詮索されることになる。そっと見守ることができないこの種の人間たちに存在を知られてしまうのは厄介なことになる。そこでそのようなときには、あえて世界が注目する事件に仕立てたうえで最後に否定する。そうすると、「やはり、なっ」ということで噂は終息するわけだ。妖精社会がほっとするだけではなく、面白いことに妖精度の高い人間たちもほっとすることになる。有名なコティングリー妖精事件もその一つさ——。

一〇〇年前のことだ。イギリスの小さな村、コティングリーの二人の少女が父親のカメラで撮ったという妖精の写真の真偽をめぐって世間に論争が起こったことがある。それまでにも何度も妖精を見たという噂はあったが、大きく拡がることはなかった。しかし、このときばかりは何枚もの写真に撮影されたということで、妖精度の低い連中も巻き込んで騒ぎが大きくなりすぎたのだ。ボクら妖精の側も危機的状況と判断せざるを得なくなっていた。ここで当時の有名な作家コナン・ドイルがこの事件を真面目な議論の俎上《そじょう》に取りあげてくれたのだ。シャーロック・ホームズの生みの親だから知らない人はいなかったから、その影響はさらに大きなものになった。そして最後に少女は高齢になって亡くなる前にフェイクであったことを告白したのだ。もちろんドイルの信用は失墜した、というより、やはり妖精なんかいないのだ、ということを大多数の妖精度の低い連中に確信させたのだ。ドイルは妖精度の高い人間だったから、自らの名誉を犠牲にしてボクらを守ってくれたともいえるのさ。もちろん、名探偵ホームズの名前とともにドイルの名前も不滅だがね。ボクらはドイルに感謝している。

——と、まあ、ここまでは妖精度の程度にかかわりなくキミたちと会話してきたが、これから先は、ボクの話しかけが聞こえる読者だけが読みつづけることができることになる。したがって、ボクの話しかけが聞こえなくなった読者は、残念だがこの本を閉じてほしい。

猛《たけ》り狂った暑さがやっと一段落した八月の週末だった。いつものようにクロードのサロンには常連のメンバーとゲストが集まっていた。すべてのメンバーの中で置物のボクとテレパシーで会話ができるのは、クロード、メリザンド、モーリスだけだ。そして、このサロンで、メリザンドが妖精だと知っているのはボク以外にはクロードとモーリスだけである。クロードは、クリーブランド殺人事件のときに、またモーリスは、お人形失踪事件のときにメリザンド本人から自分が妖精であることを告白されている。

その日の晩、クロードは乾杯のあと重大な発表をした。ちょうど十年になるのを機会にこのサロンを終わりにしたいという。皆、突然のことでびっくりしたのではあるが、お互いの顔を見合ったあと、思ったより冷静にクロードの方へ眼差しを返した。

クロードは、グラスの赤ワインをひと口飲んでおもむろに話し出した。

「皆さんは止《や》める理由を知りたいかもしれませんがとくに理由はありません。ただ、物事には潮時というものがあるようです。僕は、理由もなく、今がそのときだと思ったのです。そこで、今夜と次の土曜日で、皆さん全員に最後の挨拶をしてほしいのです。唐突ですが何でも構いません――」

サロンは一瞬、静まり返った。

「では、言いだした僕から始めます」とクロードは昔の米国留学中のことを語りだした。そして、クロードの話は、サロンの皆を巻き込んだクリーブランド殺人事件の顛末《てんまつ》におよんだ。皆は懐かしい思いで耳を傾けていたが、途中でエリオットが手をあげて質問した。

「クロード、ぼくはずっと気になっていたことがあるんだ」

「うん、なんだろう?」

クロードは話を中断してエリオットの方をみる。

「そのクリーブランド殺人事件の中で、きみの友人、クリスだったかな、母親殺しの嫌疑をかけられてきみに相談の手紙を寄こしたよね。きみは困って、プライベートなことはこのサロンには持ち込まないという不文律を破って皆に相談したよね。ぼくも事件解決にわずかばかり貢献したと自負しているのだが――、最後の結末が明らかになった手紙を披歴《ひれき》したあと、きみは腑《ふ》に落ちない顔をしてメリザンドのところへ行って何か囁《ささや》いていたね。そして、その次のサロンのときからメリザンドはいなくなったよね。あの事件にメリザンドは何らかのかかわりがあったのだろうか? あのときは、だれもそのことに触れなかったけれど、もう最後だということだから、訊ねてもいいだろうと思ってね――」

クロードは、理論家エリオットから核心をついた質問を受けてすこし困った顔でメリザンドを見やった。続けてエリオットは「――メリザンドの突然の不在もだが、そのあともどってきた経緯も知りたいね」とつけ加えた。

クロードは、このサロンも最後だからすべてをあからさまにしてもよいという気になっていたようだ。それでも何から語ったらよいか思いあぐねているようすのとき、ピアノのところに坐っていたメリザンドが助け舟を出すかのように話しだした。

「すべてはわたしの悪戯《いたずら》から始まったの――。先ほどクロードが話したとおり、クロードがクリーブランドに留学していたときのことよ。凍《い》てついた雪の日だったわ。クリーブランド・オーケストラの演奏会だった。アジア人は何人かいたわ。でも日本人はクロードだけだったから目立ったわ。わたしは違いがわかるの。演奏会が終わってセヴェランスホールを出たあと、わたしはクロードの車のあとを追ったの。そして、郊外の車の通りがすくないところでクロードの車をスキッドさせ路肩から脱輪させて動けなくしたの。それからあとのことは、さっきクロードが話したとおりよ――」

「えっ、あれは、きみの仕業《しわざ》だったの？　ぼくの運転ミスで脱輪したのではなかったのか――」

クロードは大きく息をついた。しかし、サロンの皆は、まったく事情がわからない。

メリザンドは、サロンを見回したあとちょっと咳払いをして言った。

「皆さん、クロードの友人クリス、クリスティーヌ・カッサンドラはわたしです」

サロンはどよめいた。すぐにエリオットが訊いた。

「じゃあ、クリーブランド事件の当事者クリスがメリザンド、きみなのかい？」

メリザンドは、エリオットにおどけた顔で笑《え》みを返した。

「でも、どうしてそんなことが――」とエリオットが言いかけると、

「――できるか？　と言いたいんでしょう」とメリザンドが続ける。そして、

「できるの。わたし、妖精だから」ときっぱりと言った。

ざわついていたサロンは呼吸が止まったように静かになった。しかし、さすがにクロードのサロンは違った。この尋常《じんじょう》ではない事態もすぐに受け入れた。それまで黙って聴いていたピエールが拍手しながら静寂を破った。

「ウエルカム、アゲイン！　メリース。妖精さん」

ピエールの芝居がかった呼びかけに嬉しそうにうなずくメリザンド。しかし、エリオットが遮《さえぎ》った。

「ちょっと待って。じゃあ、一連のクリーブランド事件、手紙もふくめて、全部メリザンド、きみの悪戯《いたずら》だったというの？」

「そうよ。エリオット、あなたの推理は素敵だったわ。その通り、エイプリルフールの洗礼を受けてやり返した悪戯だったの。ただ、違った点は、このサロンでピエールとポールがわたし達に仕掛けたエイプリルフールの冗談にたいする直接の反撃だったということなの」

「そうか、手紙の主、クリスがきみ、メリザンドだったのだからね。妖精の仕業《しわざ》かぁ――」エリオットは、半ば満足気味に腕組みしてうなずきながら言った。

「あぁ、あのときか。だからメリースのピアノの迫力が凄《すご》かったはずだ。まるでポールとぼくを非難するかのように突き刺さって来たよ。あのときほどラヴェルの〈アルボラーダ・デル・グラチオーソ〉が怖い曲だと感じたことはなかったな」

ピエールはいつものように大袈裟《おおげさ》に肩をすくめると、メリザンドに向かって「さあ、ピアノをたのむよ」と続けた。しかし、メリザンドはまだ言い残したことがあるようだった。

「エリオット、それに皆さん。今の話でクリーブランド事件の経緯はわかったでしょう。そして最後に、この悪戯の犯人がわたしだということをクロードに指摘されたとき、わたしは妖精であることを告白したの。そして、その翌日にわたしはここから去ったの――」

メリザンドが黙ったのを見て、クロードが口を開いた。

「メリザンドが去った理由はもうひとつあると思う」と言ったあと、クロードはメリザンドの顔を覗《のぞ》き込んだ。すこし顔を赤らめた彼女の反応を見て、クロードは続けた。

「モーリスが東京へ転勤になったことも大きかったと思うよ。だって、去る前に彼女はぼくに、モーリスがこのサロンにもどることがあったら、自分もまた遊びにくるかもしれない、と言ったんだよ」

このクロードの言葉を聞いたモーリスは、「えっ」と小さな声をあげた。驚いた様子のモーリスをちらと見て、メリザンドは続けた。

「エリオット、わたしがこのサロンにもどった経緯も話すわね。――モーリスが東京に転勤したとき、わたしは、きっとモーリスはこのサロンに帰ってくると思ったの。それには二つの理由があったの。ひとつは、モーリスの妖精度が高いので、彼はきっとこのサロンが恋しくなるだろうとね。もう一つは、わたしメリザンドを好きになったんだわ――妖精の魅力だもの」

彼女が臆面もなく言ったとき、モーリスは「そんなぁ」と言って顔を真っ赤にした。

それからメリザンドはサロンにもどったモーリスとの再会を果たすべく、また自らのサロンへの復帰を演出するために、お人形失踪事件を起こしたことを語った。この事件の詳細については、モーリスとボク以外には知るものはなかった。主宰者のクロードすらボクのことをメリザンドの持ち物であるイヌの置物だと思っていた。もちろん、置物の妖精だからテレパシーでクロードとは会話できるのだが、彼はボクが動き回っていることをこのときまで知らなかったのだ。

「そんなことだとは知らなかったなぁ」

クロードは、びっくりして、メリザンドとモーリスを見やったあと、ボクをあらためて凝視した。サロンの皆も一斉《いっせい》に凝視した。ボクはしかたなく全員にテレパシーで挨拶をした。

《みなさん、初めまして。キサントです》

うわぁ、置物が喋《しゃべ》った、とサロンは騒然となった。ボクは少し静かになるのをまって続けた。

《最初で最後の挨拶です。ボクはメリザンドの友人で、イヌの妖精です。クロードがアメリカ留学中に参加したメリザンドの母親のサロンの置物でした。クロードもボクのことを憶《おぼ》えていました。もちろんその当時、クロードはボクが妖精であることを知りませんでしたし、こうやってテレパシーで話すこともありませんでした。今回、ボクはメリザンドからこのサロンへ復帰するための演出に一役買ってほしい、と頼まれました。そのため、協力してくれそうな妖精度の高い人間を捜していたのです。見つかりました。幼稚園児の可愛い女の子シュシュです。他の子供たちから散々に悪戯《いたずら》されていたボクをただひとり助けてくれた子です。決まりました。さっそくメリザンドは、そのシュシュの家族を調べ、その姉のピアノ教師になりました。メリザンドは、シュシュの家を訪問し母親に自らを売り込んだのです。最初は、初対面のメリザンドにあまり乗り気ではなかったシュシュの母親も、懇願するメリザンドに、では演奏だけでも聞かせて、ということになったのです。そして、メリザンドのピアノ演奏に圧倒されたようでした。ただちにお姉ちゃんのピアノの指導をすることになりました》

サロンの皆は置物のボクのテレパシーでの語《かた》りかけに熱心に耳を、いや脳を傾けている。

《あとは、モーリスとの再会の演出でした。ボクは、モーリスが会社帰りに寄るバーを突き止めバーテンダー、サミーと友達になりました。彼は妖精度の高い人間でボクに協力してくれることになりました》

「なんだ、あのバーテンダーも仲間だったのか――」モーリスは呟《つぶや》いた。

《メリザンドは、姉にピアノを教えたあと、シュシュにドビュッシーの〈子供の領分〉を弾いて聞かせました。シュシュはすぐにこの曲を好きになりました。そして四度目にシュシュがこの曲の演奏を望んだとき、予定どおり、この組曲の第三曲〈人形のセレナード〉を省略して弾いたのです。メリザンドが全曲を弾き終わったとき、すぐにシュシュは、「お人形は？」と訊いてきました。そこでメリザンドは、お人形がいなくなっちゃったみたい、捜してくれない？　とシュシュに頼んだのです。シュシュは、捜してあげたいけどどうすればいいの、と訊いてきました。そこで、メリザンドは、これも計画どおり、キサント（もちろんボク）のお友達、モーリスに頼んでみてはと提案したわけです。あとはさっきメリザンドが話したとおりです》

「なんだ、全部仕組まれていたのか――」モーリスはまた大きく息をついた。

ボクの語り掛けも一息ついたところで、クロードが手をあげてまた立ちあがった。

「僕もメリザンドもほぼ話は終わったよ。キサントのこともきょう初めて知ったことばかりだったよ。メリザンドの置物の妖精だとはわかっていたけど、まさか動きまわっているとはねぇ。――では、ピエール。頼むよ」

「オーケー。で、結局、ぼくらはメリザンドの自作自演につき合わされていたってわけか。――じゃ、罰としてピアノで華々しく盛りあげてほしいな、メリース！」

ピエールはメリザンドに演奏を促した。「えぇ、わかったわ」と言うとメリザンドは鍵盤にむかって、シューマンの〈謝肉祭〉をまるでオーケストラのように弾きだした。サロンの皆の最後の挨拶の始まりだ。第一曲〈前口上〉が終わるとメリザンドはピアノの音を抑えて続けた。

「ありがとう、メリース。それからクロード。それに、初登場のキサント。たのしい話だったよ。今回にかぎらず、いつもぼくはこのサロンで息抜きをさせてもらっていたよ。ニックネームだけで背景などを明かさないこのサロンの匿名性《とくめいせい》がぼくを非日常に誘ってくれたよ。ぼくはこの会の匿名性を最後まで維持したい。が、最後にすこしだけ――。ぼくのニックネームのピエールは、ぼくの好きな詩人ピエール・ルイスから採《と》らせてもらった。ルイスは詩人としてもっと高く評価されていいと思うのだが、当時の官能作家としての一面が災いしていると思う。しかし、ぼくは、すべてをふくめて大いなる才能だと思っているよ。それに、他人の天才を見抜く才能もたいしたもんだ。ドビュッシー、ヴァレリー、ワイルドだけでもすごいラインナップじゃないか。今後もルイスを中心にフランス文学や音楽、絵画をたのしむつもりだよ。そうそう、妖精度は、メリザンドを十、クロードを九、だとするとぼくは七ぐらいかなと思う。

今まで、皆さん、ありがとう」

沸《わ》きあがった拍手のなかから、ピエールと仲がよかったポールが立ちあがった。

「ピエール、ありがとう。きみとはウマがあってたのしかったよ。ときどき度《ど》がすぎて、クリーブランド事件の原因になってしまったけれど、結果的には愉快な思い出になったね。ぼくの妖精度は、ピエールと同じと言いたいが、ひかえめに、六だな。ぼくは画家のセザンヌが好きでポールと名乗《なの》ることにしたんだ。彼の絵の色彩がとくに好きで、色を見るだけですぐに彼の作品だとわかるよね。とくに、ぼくはセザンヌの静物画は最高だと思うね。ぼくはピカソのパリ時代のキュビスムも好きなんだ。ピカソがこの時代におこなった絵画の革新は、美術史上の革命といっても過言ではないが、ピカソは、セザンヌの革新的な絵画をヒントにしているのは間違いないだろうと思っているよ。ぼくはこのセザンヌからピカソへの流れも好きなんだ。それと、じつは、もうひとりのポール、詩人のポール・クローデルにも興味があったんだよ。ロダンの弟子で愛人のカミーユ・クローデルの弟だよ。外交官でもあり、駐日大使にもなっているんだよ。まあ、それはいいとして――、最後にプライベートなことだが言っておきたいと思う。とくに、ぼくがこのサロンに紹介したモーリスには知っておいてもらいたい。――じつは、マリー＝ブランシュとぼくは夫婦なんだよ」

サロンのみんなは、一斉《いっせい》に「えーっ！」と声をあげた。メリザンドのピアノも止《と》まった。とくに、モーリスの驚きようはなかった。

「うわぁ、夫婦だとは思わなかった――。あのバーであなた達の音楽談義に割り込んだのが恥ずかしい――」

モーリスはマリー＝ブランシュをあいだに挟んでポールと緊張感のある遣《や》り取りをしたことを思い出して言った。

マリー＝ブランシュが立ちあがって、ポールの横にいくと、モーリスに会釈したあと喋《しゃべ》りだした。

「あらためまして、ポールの妻のマリー＝ブランシュです。モーリス、あのときポールは嫉妬していたのよ。わたしたちがピエール・ブーレーズのプロジェクトの感動を話していたときに、あなたが、ポリーニの演奏したプログラムのことについて異論を唱えたのにポールはムキになったんだわ」

「モーリスがきみにいいところを見せようとして挑発的なことを言いだしたからさ」

ポールは言いわけぎみに返した。

「でも、嬉しかったわ。わたしをあいだに挟んで二人の男が張りあう姿は――」と続けたマリー＝ブランシュにモーリスは、「二人とも人がわるいなぁ。言ってくれればよかったのに」と非難した。

「モーリス、それに皆さんにお詫びするわ」

マリー＝ブランシュはすこし済《す》まなそうに言った。このとき、クロードが発言した。

「マリー＝ブランシュ、それにポール、ぼくも君たちがご夫婦だとは知らなかったよ。でもね、それでよかったと思うよ。この会はプライベートな背景を持ち込まないというのが決まりだったからね。むしろ楽しかったよ」

「お詫びのかわりに唄ってもいい？」

マリー＝ブランシュが悪びれることなく言うと、拍手が沸き起こった。

「わたし、マリー＝ブランシュは、パリ音楽院時代の若きドビュッシーを虜《とりこ》にしたヴァニエ夫人、マリー＝ブランシュ・ヴァニエが大好きなの。今夜は〈麦の花〉を唄うわ。クロード、お願いね。そうだ、わたしの妖精度はピエールと同じ七かな。ポールよりは高いと思うわ」と言うとピアノのまえに立った。クロードはピアノ伴奏のため、楽譜棚へいき譜面をとり、それまでピアノのまえに坐っていたメリザンドと代わって鍵盤にむかった。

サロンの人びとは、煌《きら》めくようなハイソプラノの歌声のなかに官能美を湛《たた》えたドビュッシーのメロディに酔いしれた。マリー＝ブランシュが唄い終わると興奮の拍手がアンコールを求めていた。

「ありがとう、みなさん。最後だからもう一曲唄うわ。同じくドビュッシーの〈星の輝く夜〉です。クロード、お願い」

クロードは、すぐに楽譜棚に取りにいった。

クロードのピアノは歌い手を大きく呼吸するようなテンポで煽《あお》る。煽られたマリー＝ブランシュは、ドビュッシー時代の歌姫ニノン・ヴァランのような高く明るい声をだした。曲が終わると、サロンは名残《なごり》おしそうな拍手で満たされた。そして、しばらくその余韻をたのしむように歓談の中にグラスを合わせる音が響いた。

誰かが「ジャック、次は君の番だ」と指名した。グラスを持ったままジャックが立ち上がる。

「みなさん、今までありがとう。ぼくのニックネーム、ジャックは、ジャック・デュラン。皆さんご存知のとおり、今に続く楽譜出版社デュラン社のオーナーだよ。デュランは、ドビュッシーの専属出版者として生涯財政面で支えたけれど、その前に長い友人でもあったわけさ。デュランは、パリ音楽院でドビュッシーの三つ後輩で、ドビュッシーがローマ賞に三度目の挑戦をしたとき本選で演奏された〈放蕩息子〉を会場で聴いているんだ。それに、ドビュッシーが作曲した四手用〈小組曲〉を自ら初演したときの連弾相手がジャック・デュランだったんだよ。ぼくは、ドビュッシーの生涯におけるデュランの存在が好きなんだ」

ジャックが、グラスをあげたとき、誰かが「君の妖精度は?」と訊いた。

「あはっ。そうだね。――まっ、六ぐらいかな」とジャックは笑いを誘った。

ここから、メリザンドはふたたび抑えた音で〈謝肉祭〉の続きを演奏し始めた。

「次は僕、エルネストです。僕は――、妖精度はポールより一般人に近いから五だな」ここで、エルネストに負けない理論派のエリオットが口を挟む。

「エルネスト、君が五ならぼくも五だ。しかし、妖精度の低い、つまり普通に常識的な人間の妖精度は、そもそも幾《いく》つなの？」

「そうだなぁ――」

エルネストが考え込んだとき、ピエールが「一か二だろうね」と言った。エルネストは最後の挨拶を続ける。

「で、エルネストは、まず、エルネスト・ショーソンに因《ちな》んでいます。ショーソンにシンパシーを感じるのは、当時、どちらかと言えば保守的な志向の作曲家なのに、ドビュッシーのような革新的な才能にも理解を示すところです。この保守と革新の狭《はざ》間《ま》で戸惑いをみせながらも前に進んでいかなければならない苦悩みたいなものを彼のなかに感じます。僕はこの辺がショーソンを愛《いと》おしく思うところです。それと、もうひとりのエルネストは、スイスロマンド管弦楽団の指揮者アンセルメです。数学者で名指揮者でもあるわけですが、僕が彼に興味をもつのは、古典からドビュッシー、ラヴェル、さらにその後の作曲家まで幅広いレパートリーを誇っているのに、シェーンベルクらの無調音楽には否定的だったことです。数学者であれば、十二音音楽には興味があるだろうし、理解もできたかもしれないのに、逆に、反対だったというのがおもしろいですね」

サロンのなかから、「おもしろいね」という同意する声がした。

「最後に、僕の作曲した曲を持ってきたのでメリザンドに弾いてほしいな。無調音楽だから、アンセルメは演奏してくれないだろうけれど――」

小さく笑いと拍手が起こった。メリザンドは、〈謝肉祭〉を中断して楽譜を受けとると、さっそく弾き始めた。ヴェーベルンのような曲想だが武満のような美しい響きだった。メリザンドは初見だったが、いつものように容易に弾き終わった。

「うーん、綺麗《きれい》だけどまったくわからん」と誰かが言った。

サロンは笑いに包まれて拍手も大きかった。メリザンドは、頭の上で拍手していた作曲者のエルネストにむかって深く一礼した。

「じゃあ、次はエリオットお願いします」とクロードが促《うなが》す。

「ありがとう、クロード。今日は、クリーブランド殺人事件の真の結末を知ることができてうれしかったよ。しかも、僕の推理がいい線をいっていたのが誇らしかったな。いつも議論を闘わしてきたエルネストはじめ、皆さん、ほんとうにありがとう。T・Sエリオットは、僕の好きな詩人、というより僕には、知の巨人、だね。敬意も込めて苗字《みょうじ》のエリオットを使わせてもらったよ。僕のこの会での思い出は、「死」についての議論をしたときだった。僕自身も思いがけずに出てしまった「死は、相転移ではないか」という考え方に至ったことだ。あれからずっと、囚《とら》われているよ。僕にとっては思考実験のはじまりだったよ。――では、皆さんお元気で」

拍手の中から、エルネストが、「僕もありがとう。たのしかったよ」と言った。この後、ワインで顔が真っ赤になってしまったセバスチャンが立ちあがった。

「ぼくは、いつも遅刻だったけど、このサロンをいつもたのしみにしていたよ。たっぷり飲めるしね。で、セバスチャンは、ドビュッシー好きにはわかると思うが、〈聖セバスチャンの殉教〉の主役、セバスチャンだ。もちろん、宗教音楽は、僕には似合《にあ》わない。ドビュッシーの音楽も宗教性は排されている。むしろ、両性具有の官能美が追求されていると思う。この作品には、かれがそれまでに獲得していたすべての技法が集大成的に盛り込まれていると思う。もちろん、〈魔法の部屋〉のような、それまでにない試みもある。ま、とにかく、ぼくはセバスチャンだ。妖精度は六かな」

拍手に一礼したあと、セバスチャンは、「そうそう、次は、シンデレラのアンリの挨拶だ。まだ、やってないだろ」とつけ加えた。

「ぼくがシンデレラではありません、セバスチャン。ばくは、いつもシンデレラを探しているだけです」

セバスチャンは目をつぶって手と頭を振った。

「でも、ぼくを指名してくれてありがとう、セバスチャン。ぼくの妖精度は、セバスチャンが六なら、七くらいかな。アンリは、ぼくの好きな画家、アンリ・ルソーと、画風はまったく違うけれどもアンリ・ファンタン＝ラトゥールに因んでいるんです。アンリ・ルソーは、妖精度八くらいありそうですね。――でもね、もっと、好きな詩人がいます。アンリ・ド・レニエです。ぼくは、この会の最後にレニエの詩を朗読します」と言うと、アンリは、小さな紙切れを皆に配った。

「フランス文学者、内藤濯《あろう》氏の訳ですが、ぼくの本は古いものなので、現在の漢字に変えています。タイトルは、「真昼 Midi」です。

真昼なり……かの白き道は海にむかいて続けり。
明るき日の光り窓より入りきたりて、
涼しさなお残る部屋の床板に、
帰り来し人々の蹠《あしうら》につけてもたらせる
きらきらと乾きたる砂屑をてらしてあり。
空気は日曜と夏の薫に染みて静かなり、
ほとぼれる布地のにおい、松脂のにおい、
と見れば、枝に懸れる松毬の影ひとつ、
粗布《あらぬの》の日蔽《ひおおい》にえがかれたり。
静けさは杳《はる》かなる世の事と思わるるほどの静けさ、
斯くて在る身も静けさに心遠のく折からを、
「物憂さ」はいとやおら身体をゆすり、

疲れしはての憩いしみじみ味わんと、
うつくしき眼《まなこ》伏せ瞼を合わせ、
柳細工の肘掛椅子にながながと横たわり、
人目なく真裸《まはだか》のおのが姿に莞爾《にこり》する。

どうです。いいでしょう。今のような真夏。海辺の松林の中。静かな部屋で、ひとり、真っ裸で籐椅子のようなものに寝そべっている。つい、にっこりしたくなる――。至福の時ですね」

サロンの拍手の中、アンリがうやうやしく一礼して、「では、次にモーリス、お願いします」と指名したとき、クロードが立ち上がって言った。

「今夜は、少し遅くなり過ぎたみたいだね。アンリの心地よい詩の朗読を最後にしましょう。モーリス、それに、最後の挨拶が終わってない人は来週土曜日にお願いします」

皆、肩を叩き合いながら帰っていった。

＊

ボクは、次の、最後の会までの一週間、モーリスを誘って共通の友人であるシュシュとサミーに最後の挨拶を行うことにした。ボクは、まずサミーがバーテンダーをつとめるバーでモーリスと待ちあわせた。最初にモーリスと会ったとき、ボクは先にバーカウンターに坐っていたが、今回は、モーリスが先だった。彼は、フローズン・ダイキリを飲みながら待っていた。

《こんばんは。モーリス。遅れてゴメン。この時期、明るすぎて動けなかったのだよ》とボクは言いわけをした。

（いや、大丈夫だよ、キサント。今回は、ダイキリを飲めたからね）とモーリスは余裕をみせた。ボクは、サミーにも挨拶した。

《久しぶりだね、サミー》

［えぇ、キサントさん。元気そうですね。暑いからフローズン・ダイキリにしますか？］

《うん、お願い。――そうそう、あらためて紹介するよ。このとなりのナイスガイは、モーリスだ》

「もちろん、知っていますよ。羅森さんのニックネームは知りませんでしたが」

バーテンダー、サミーは、ボクにテレパシーで応《こた》えたあと、モーリスに肉声で問いかけた。

「羅森さんは、キサントさんより前からこちらにいらっしゃっていますよね」

「えぇ、でも――、どうしてあなたはキサントと知り合ったの?」

「キサントさん、お話ししてもよろしいですか?」

ボクは同意した。サミーは、仕事の手を休めることなく応対する。

「それでは、お話しします、羅森さん。――ある夕方、まだ開店前の時間にキサントさんから予約が入りました。と言っても電話ではありません。あとでわかったことですが、いわゆるテレパシーというのでしょうか。とつぜん、私の頭のなかに知らない人の声が響いてきたのです。キサントというお名前でカウンター一名を予約されました――。ちょっと、失礼いたします」と言うと、サミーは、できあがったカクテルをいちばん右端《はし》の客のところへ持って行った。帰ってくると、ブルーチーズを切りながら、話の続きをした。

「その日、少し遅くやってこられました。入ってこられたとき、びっくりしました。全身がほとんど黒の大型犬でした。「すみません、キサントさん。そのときは、ただ大きな犬が入ってきたとしか思いませんでしたので――失礼なことを申しあげました」しかし、すぐに予約のときに聴きおぼえた声が聞こえてきましたので、私は、他のお客様と同様に対応しました。キサントさんは、カウンターの中央のお席に着くと慣れた態度で腰かけられたのです。最初は、他のお客様もなにか判然としない感じでこちらを見ておられましたが、私が普通に応対しているのがわかると何事もなかったかのようにご自分たちの世界にもどられました。むしろ、私が無言で黙々とキサントさんにカクテルや葉巻をお出ししているのを見て常連のお客様だと思われたようでした。もちろん、キサントさんと私はテレパシーでお話ししていたのですがね」

「なるほど、よくわかりました。ぼくも、あのときは、あなたがキサントに普通の客のように振る舞っていたので不思議な感じがしたものです。ほかのお客さんも別に気にしていないようで内心驚いていたのです。でも事前にあなたとキサントは相談して、ぼくを嵌《は》めたというわけだ」

「いえ、羅森さん、そういうわけではありません。キサントさんから相談されたのは、キサントさんのお友達のシュシュという小さな女の子の大事なお人形がなくなったので捜しているというお話でした。しかも、その鍵を握る人物が羅森さんだと聞かされていたのです。シュシュは気立てのいい女の子でキサントさんの命の恩人だというのですから、お助けしないわけにはいかなかったのです」

「まぁ確かに資質の高い良い子で、ぼくも好きだから、仕方ないか」モーリスは、事情がわかり、ボクらを許してくれた。モーリスは、サミーにボクが別れの挨拶に来たことを告げてくれた。

《いま、モーリスが言ったように、ボクはこの町を去ることになったよ。今までいろいろ協力してくれてありがとう》

「残念ですね、キサントさん。でも、どちらに行かれるのでしょう?」

《妖精の森へ帰るんだよ、サミー》

ボクは、サミーなら大丈夫だと思って言った。サミーはクロードと同等の妖精度だと思っている。案《あん》の定《じょう》、サミーは驚きもしなかった。そもそも、イヌのボクを相手に最初から普通に対応できる資質の人間だ。こちらも驚きはしない。サミーとの対話はモーリスには聞こえないから、モーリスはボクの別れの挨拶に対するサミーの反応はわからなかっただろう。しかし、サミーが笑顔でボクに向かってうなずいているのをみて、対話の内容を理解したようだ。そろそろボクらはバーを出ることにした。

《それじゃ元気でね、サミー》

［キサントさんもお元気で。またこの町に来られたら必ず立ち寄ってください。フローズン・ダイキリと葉巻をお出ししますから」

「羅森さんもお元気で」

「いや、ぼくはまだこの町で仕事をしているから、すぐまた来ますよ。サミーさん」

モーリスはバーテンダーをキサントの付けたニックネームで呼んだ。

「あぁ、そうでしたね。いつでもいらしてください、モーリスさん」バーテンダーも、初めて、ニックネームで応じた。

翌々日、ボクはモーリスと一緒に、シュシュに別れを告げることにしていた。これには、メリザンドも加わった。なぜなら、シュシュとその家族とはメリザンドも深くかかわっているからだ。シュシュの姉のピアノの家庭教師をしていたからである。

メリザンドからボクらの訪問を聞いていたシュシュは、家の門の前でひとり待っていた。ボクとモーリスの姿をみとめると、残念ながらボクはモーリスに散歩させてもらっているイヌにすぎなかったが、シュシュは待ちきれずにこちらに向かって全力で走ってきた。

あのとき幼稚園生だったシュシュは今では中学生だ。身長も伸びて、大きな女の子に成長していたが、駆けてくるときの無邪気さは変わらなかった。まずボクに駆け寄って優しく撫でてくれたかと思うと、テレパシーで、〔キサント、なつかしいっ。会いたかったわ〕と語りかけてきた。その後、モーリスに向かって「モーリスお兄ちゃんも、こんにちは。お久し振りです」と言った。満面の笑みを浮かべていた。そして、シュシュがモーリスに代わってボクを家に連れて行ってくれた。

シュシュの母親は、むかしは警戒心のつよい人だったが、モーリスがコンピューター関連会社の支社長とわかったいま、愛想がよくなっていた。娘シュシュとはすこし資質が違うが人はよさそうだった。

リヴィングには、すでにメリザンドがいた。シュシュの姉のレッスン中、というより卒業演奏だった。メリザンドは、もうレッスンができないということを伝えていた。姉も母親も残念がったが、シュシュは、「メリザンドは妖精の森に帰るのよね」、と言った。妖精ときいて姉も母親も目を丸くしたが、ほんとうのところ事態を理解してはいなかった。

メリザンドは、姉もシュシュもどんなコンクールにもでる資格があるほど上手だと言った。卒業演奏として、姉は、ベートーヴェンの〈ピアノソナタ第三十番〉を見事に弾ききった。シュシュは、ドビュッシーの〈喜びの島〉をまるでボクらが海の中にいて水飛沫《しぶき》を感じるように演奏した。モーリスも、（中学生の手でよくあんなに弾けるものだ）、と感じ入《い》ってボクに語りかけてきた。

《シュシュは、メリザンドのようになるかもしれないね》とボクは応えた。

モーリスはシュシュにアンコールを要求した。にっこり笑ってシュシュは、〈子供の領分〉を弾きだした。すると、第三曲〈人形のセレナード〉を飛ばして最後の〈ゴリウォグのケークウォーク〉まで弾き終わった。

「キサントがまた帰ってきたら、失踪したお人形さんがもどってくるかもね」と言った。

最後に、シュシュはボクの頭をなんども撫でてくれた。ボクらはシュシュの家を後にした。

*

いよいよ最後の土曜日がやってきた。クロードの最後の挨拶で始まったが、その内容は、衝撃的なものだった。ボクも知らされていなかった。

「皆さん、いよいよ最後になりました。今夜限りでこのサロンも閉鎖となります。ぼくは、ここを去ってクリーブランドの森、エメラルドネックレスに住みます。メリザンド、いや、かつてのクリスと一緒に過ごしたいと思っています――」ここまでクロードが語った時、びっくりしているサロンの人々のなかからピエールが口を挟んだ。

「クロード、それは、メリザンドときみが結婚するということかな?――妖精との結婚かぁ」

「うん」とうなずいて、クロードはメリザンドのほうを見た。メリザンドは恥ずかしそうにして、鍵盤にむかうとシューマンの〈アラベスク〉を優しいタッチで弾き始めた。祝福の拍手が続いた。まだ、最後の挨拶が終わっていないメンバーたちが、メリザンドとクロードにお祝いの言葉とサロンへの感謝の気持ちを伝えた。

マドレーヌは、ドビュッシーの〈今はもう春〉を美しいソプラノで唄った。もちろん、メリザンドの巧みな伴奏が支えた。マドレーヌの親友エンマは、ヴェルレーヌの『優しい歌』から「消えゆく前に」を朗読した。メリザンドは抑えた音でドビュッシーの〈エチュード〉を朗読の背景音楽とした。

エンマの朗読のあとにクロードがふたたび立った。そして、メリザンドと代わってピアノのまえに坐ると、〈ベルガマスク組曲〉を弾き始めた。昔、クリーブランドでクリスとの別れのあと、一時封印していた曲である。ボクはクリーブランド以来、久しぶりだったが、〈月の光〉は静寂のなかに突き抜けた清らかさがあった。ボクはクロードの気持ちを垣間《かいま》みたようだった。

ポールが立ちあがって拍手をしたのをきっかけにして大きな拍手のうねりとなった。皆が幸せな気持ちになっていた。最後に、ポールが、モーリスに挨拶を促した。モーリスは、あらためてポールとマリー＝ブランシュに、この会に誘ってくれたお礼を述べた。そしてこのサロンがいかに自分にとってかけがえのない集まりであったかを伝えた。その感謝も込めて、つい最近経験した物語を語り始めた――。

その物語の詳細は、ここまでボクの話に付き合ってくれた妖精度の高い読者諸氏のために次章にとっておきたい。このモーリスの話のあと、以前にモーリスを送別するときに皆で歌ったラヴェルの〈フランスの歌〉をなんども繰り返し合唱した。そして真夜中になって名残おしそうに別れていった。クロードは、サロンの扉をゆっくりと閉じた。

最後までボクの話が聞こえていた読者諸氏に、キサントの名において「妖精度九」を差しあげよう。では、また――。

山葵

日没直後の夕暮れ。まだ明るい。見あげると西の地平からの残光に照らされた青空があった。その青い布地のような空を北東から南西方向に白い飛行機雲が潔《いさぎよ》く切り裂いていく。その左、南側に上弦の月が、縁《ふち》がすこし虫食いの黄金の杯のように浮かんでいた。

歩くにつれて、月と飛行機雲のあいだが近づく――月の動きは遅いはずだから――、飛行機雲が動いているにちがいない。背景の青空が光を失っていくと急に冷え込んできた。衣替《ころもが》えしたばかりの薄手の服の中で身体が縮こまった。羅森健一《らもりけんいち》は、その都市の中心部にある会社から徒歩で三十分の自宅マンションまで帰る途中だった。夏用のスーツにリュックサックを背負っていた。コンピューターソフトを手掛ける最先端の若い技術者であるが、その会社の支社長を兼務していた。

その都市の中心部から少し南に位置した小高い丘には、落ちついた佇《たたず》まいの住宅が拡がっていた。ふだんから人通りは少なく、帰宅時に人とすれ違うことはほとんどなかった。しかしこの日は違っていた。何となくいつもとは違う雰囲気が漂っていた。でも気のせいだろうと思いながら歩いていると、薄暗い向こうの方からこちらへ歩いてくる人影があった。街灯の間隔がひどく遠いように思えた。人が近づいてくるのはわかっても、顔や服装の詳細は定かではなく、まるで全体がシルエットのようだった。

それでも、近づいてくるにつれて、その相手が男であること、まるでチョンマゲのようなヘアスタイルであること、しかも袴《はかま》のようなものをはき、腰には刀らしいものを差していることがうっすらとわかった。きっとコスプレのようなことをやっている人だろうな、と羅森は思った。今の世の中、いろんな価値観の人がいる。女装している人もいるし、芸術家やミュージシャンのような人は男でも髪を長くして束ねている人もふつうにいる。剣道の心得がなかったら、何事もなくただ擦《す》れ違っていたかもしれない。しかし、羅森は剣道の嗜《たしな》みがあった。これがいけなかった。彼には、相手の腰の運びがただ事ではないことが否応《いやおう》なく感じられたうえに、すでに相手の左手は刀と思《おぼ》しきものの鞘《さや》をにぎり、その親指は鍔《つば》に添えられているのがわかった。殺気を感じ、もし刀を抜かれても届かないように大きく間合《まあ》いをとって右手へ迂回するように、そして、なるべく視線を合わせないようにして歩き続けた。距離は大きく離れていたもののすれ違うときには心臓の鼓動が相手に聞こえるのではと思うほど高鳴った。それでも、その侍《さむらい》は、――たしかに侍というに相応しい佇まいであった――刀を抜くことはなく通り過ぎていった。羅森は、ほっと胸を撫でおろした。が、次の瞬間、後ろから声がした。

「あなたは――心得がおありになる」

羅森はびっくりして振り返ったが、言葉はでなかった。薄暮《はくぼ》のなかに浮かびあがったその侍の顔は白く涼しげで、腰の物には左手が添えられたままだったが、すれ違うときの殺気は消えていた。羅森は、今の状況が日常からはほど遠いきわめて不自然な状況であると認識してはいたが、相手の表情と声音《こわね》があまりにもおだやかで親しげだったので会話に引き込まれてしまった。

「僕は――、たしかに、すこし剣道の心得はありますが、もしあなたと立ち合うとしたらまったくあなたの相手にはならないと思います」

羅森は剣道五段である。全日本選手権の決勝トーナメントにまで進んだこともある。つまり、それなりに相手の技量を推し量ることができるのだ。そして、すれ違ったときの感覚で、この人にはまったく歯が立たないだろうということぐらいはすぐにわかった。ところが、この若い侍は意外なことを言った。

「いえ、あなたほどの使い手であれば、竹刀《しない》での立ち合いならともかく、真剣であれば勝負はわかりませぬ」

「それはどういうことですか」

羅森は素朴に質問をした。

「――つまり、命を奪われることのない竹刀の立ち合いには命を賭《と》した覚悟がありませぬ。余裕をもって技量の差がでます。――たしかに竹刀では、あなたはわたしに勝てないでしょう。しかし、真剣での果《はた》し合いとなれば、技量の差はいっきに縮まります。そして、勝負は、命を賭した覚悟の差となって表れるはずです。だから、勝負の結果はわかりませぬ」

「――いや、真剣ではなおさらのこと勝てないでしょうし、また、あなたと立ち合う気にもなりません」

「それは無理もありませぬ。あなたには真剣でわたしと立ち合う理由がありませぬから」

そう言うと、相手は、ひと呼吸してさらに続けた。

「もしあなたの大切な方がわたしに切られ亡くなられたとして、その仇《あだ》を討たねばならないとしたら――、あなたには真剣でわたしに立ち向かう必要があります。わたしが言っているのはその状況でのことです」

「……」

羅森は言葉につまった。

「――そうか。この時代の日本には敵討ちの習慣はなくなっているのですね」

羅森は、またびっくりした。この侍は、ほんとうに過去の時代からやってきたのか――。しかも自分が未来の時代に迷い込んだことをすでに知っているのだ。どうして――。

「あなたはつまり——昔の時代からやって来たと言われるのですか」

羅森には、この若侍が嘘をつくような人物には見えなかった。それでも、過去からやってきたという話を鵜呑《うの》みにはできなかった。若侍は、顔をほころばせながら言った。

「話せば長くなります——」

羅森はこの若侍のことが気になりだした。

「あのう——、よかったら僕の家で、と言ってもマンション……、いや集合住宅、いや長屋と言った方がわかりやすいですね。夕食でも食べながら話していただけませんか」

「おぉ、それはかたじけない」

この若侍はまったく遠慮しない。

「夕食といっても、僕がかんたんな料理をつくります。僕は独身でほとんどは外《そと》で食事するのですが、今晩はたまたま自炊《じすい》です。大したものは作れませんが——」

羅森は、先ほどその侍がやってきた方向を指さすと、「こちらです」と言って歩きだした。その侍も微笑みながらうなずくと羅森のあとについてきた。

羅森のマンションは二十戸ほどの低層階でエレベーターもあるのだが、二階なので階段を使うことにした。エレベーターでほかの住人と一緒になるのを避けたかった。エントランスには誰もいなかった。セキュリティのための暗証番号を打ち込みエントランスホールに入るときもその侍は平然としている。驚くようすはなかった。

羅森の部屋は、けっして広くはなかったが、若い男がひとりで住むには余裕があった。リヴィングの壁には抽象画のリトグラフを掛けていた。羅森はビル・エヴァンスのピアノを小さく流すと侍に椅子をすすめた。

「どうぞ、そこに掛けてくつろいでいてください」

「うむ、なかなかいい部屋ですね」

侍は、坐りながら右手で鞘ごと大刀を腰から抜くと横の椅子に立てかけながら言った。羅森は部屋を褒《ほ》められたお礼を言ったあと訊《たず》ねた。

「すこしも驚かれないのですね。慣れておられるようで」

「そうですね。こちらにうかがうのはこれで六回目です」

「えっ、そんなに──」

羅森はまた驚いたが、徐々に状況に慣れてきた。

羅森は若侍にすこし待つように頼むとキッチンに向かった。ＩＨのスイッチを入れ、大きなフライパンをかけるとすこし多めのオリーブオイルとバターを入れた。冷蔵庫の中を物色して玉葱《たまねぎ》、アスパラ、レタス、ジャガイモ、ニンニク、赤唐辛子をとりだした。適当に切って、ちょっと考えたあとパントリーからスキャロップの缶詰を持ってきて開けた。これらを熱くなったフライパンに入れた。最後にスパゲティ用のドライパスタを二人分つかむと両手でバッサリと二束に折って中央に押し込み耐熱ガラスの蓋をかぶせた。しばらくガラス越しに中の様子をみていたが、急に思いだしたように蓋をあけると塩コショウを加えた。そのとき、横から声がした。

「うむ──美味しそうですね」

いつのまにか若侍が横に立っていた。

「いやぁ──ありものを適当に集めただけですよ。すみませんね」

羅森の言葉に侍は微笑んだ。

「ところで、あなたの時代は、男子厨房に入らず、ではなかったのですか?」

「いいえ、わたしには関係ありません。わたしは食べることが好きなのです。だから厨房はもっとも好奇心をかき立てられる場所なのです」

「そうでしたか。でも、こまったな――お口に合うといいのですが」

侍は相変わらず微笑んでいる。

「さあ出来ました。お酒とワインとどちらにしますか?」

「ワインにしてください」

若侍はにこにこしながら言ったが、羅森はもう驚かなくなっていた。

それぞれ皿をもってテーブルにもどると、羅森は冷えた白ワインを冷蔵庫にとりにもどったついでにバゲットを持ってきた。あらためてグラスを重ねるとささやかな夕食が始まった。

「いやぁ、美味しいですね。見た目どおりだった」

「ありがとうございます。――さっそく恐縮ですが、あなたのご事情をお話し願えませんか？」

羅森は率直に切りだした。侍は、白ワインを美味しそうに飲むとうなずいた。

「わたしが道場を開いて数年たったころでしたか、ある藩主の師範にとりたてていただきました。それまでも活気のある道場でしたが、この話が持ちあがると弟子たちは大いに喜んでくれました。そんなある日、朝からの猛稽古のあと、道場ではお祝いにみんなで寿司を食べようということになりました。わたしの道場には武士だけではなくいろいろな仕事をもつ弟子たちがいます。そのなかには漁師もおりまして、釣りあげたばかりの魚を持ってきてくれます。かれは漁の腕も確かですが、剣の筋もなかなかのものです。揺れる小舟での漁で鍛えられた身体も一役買っているのでしょう。さて、その寿司ですが、山葵《わさび》が無いことに気づいたのです。それで、わたしは慌てて八百屋に走りました——」

「ちょっと待ってください」

羅森は話をさえぎった。

「お弟子さんではなく、あなたが、山葵を買いにいかれたのですか」

「まあ、弟子といっても剣術の仲間といった方がいいでしょう。気がついたものが走るのです」

なんという道場なのだ。羅森はこの道場主の侍が好きになった。

「そうだ、まだお名前をうかがっておりませんでしたね。あなたのお名前をお聞かせ願えませんか。僕は羅森健一と申します」

「ああ、――わたしは、――今あなたといるこの時代が未来だとすれば、過去から来たわたしの名前を名乗るのはいくらか差し障《さわ》りがあるのではないかと懸念します。――そうですね、わがままのんべえ、とでもしましょうか」と言うと、侍は、胸元から懐紙《かいし》と矢立《やたて》から筆を取りだすと、さらさらと次のように認《したた》めた。

〝我儘呑兵衛〟

「なんだか、あなたらしくないですね。あなたは、剣の達人かもしれませんが、ちっとも豪快な感じはありませんから……、いえ、失礼しました」

「そうですか――。でもどうでしょう、これだと過去の時代のわたしに繋がらないかと思いまして――」

その侍は笑みを浮かべて言った。

「わかりました。確かにおっしゃるとおりです。では――、せめて、剣術の流派だけでもお教えいただけませんか。失礼は承知で――」

羅森はすこしでもこの侍のことが知りたくて訊ねた。

「直心影流《じきしんかげりゅう》です」

その若い侍は、きっぱりとそして爽やかに応えた。

「そうですか。直心影流ですか。こんどは何だかあなたに相応しいような気がします」

「ええ、わたしも先生を心から敬愛しております。わたしは道場を開いたあとも先生のところで教えていただいております」

「えっ、あなたを教える先生ですか？　その、先生とは――どなたでしょう」

羅森はつい訊ねてしまった。

「それも差し障りがあるかと――」

「そうでした。申しわけありません。では、今後、直心影流の我儘呑兵衛殿と呼ばせていただきます。ちょっとしっくりしないところもありますが――」

若い侍は笑いながらうなずくとふたたび話の続きを始めた。

「山葵を求めて八百屋に走ったところでしたね。――残念ながら、その八百屋には山葵が有りませんでした。その日は入らなかったということでした。しかたなく道場まで川沿いを帰ることにしたのですが、道半ばで柳の木の横に蕎麦屋がいたのです。担《にな》い屋台の夜《よ》蕎麦屋でした。これは、山葵を持っているに違いない。すこし分けてもらおうと立ち寄りました。ところが、無愛想《ぶあいそ》な蕎麦屋でしてね。しかも、無愛想なだけではありませんでした――」

「といいますと――」

「その蕎麦屋が条件を付けてきたのです。山葵はわけてあげるが、蕎麦を食べてほしいというのです。そこで、わたしは事情を伝えました。今から皆で寿司を食べようとしているのでその前に蕎麦は勘弁してほしいと言いました」

「少食ですねぇ」

「いえ、少食ではありません。じつは、蕎麦は好物なのです。寿司のまえに蕎麦を食べることなど問題はありません。それより、その蕎麦屋に殺気に似たものを感じたからです。蕎麦に毒を盛られても困ると思ったのです。わたしが疑《うたぐ》り深い人間だとは思わないでください。これは武士の習《なら》い性《しょう》なのです」

「――それで蕎麦屋は何と言ったのですか」

羅森は、いつの間にか身を乗りだしていた。

「蕎麦屋は渋い顔をしながら、では山葵《わさび》を擂《す》るので香りだけでも味わってほしいというのです」

「どういうことでしょう」

羅森はけげんな顔をしたが若侍は悪戯《いたずら》っぽく羅森を見ながら続けた。

「山葵の香りだけであればと思ったのが間違いでした。とんでもないことが起こったのです」

「えっ、どうなりました?」

羅森はさらに身を乗りだした。

「実に良い香りでした。擂りたての山葵の香りほど心地よい刺激を与えるものはありませぬ。わたしは眼をつぶり恍惚とした気分に陥ってしまいました。次に夢か現《うつつ》かわかりませぬが激しい振動とめまいに襲われました。そして気がついたときにはこのとおりあなたの時代に迷い込んでしまったのです」

ふぅ、と羅森は大きく息をついた。若侍も話をやめてワインをひと口飲んだあと、慣れた手つきでナイフとフォークを使いながら料理を口にした。

「何が起こったのでしょう」

羅森もワインを飲みながら訊ねた。

「わたしにもわかりませぬ。剣の修行で先生から心の在《あ》り様《よう》をいつも教えていただいているにもかかわらず、このときばかりは不覚にも狼狽《ろうばい》してしまいました。何とかして弟子たちの待っている道場に帰らねばならないと思いました――」

羅森は食事の手を止め、じっと侍の目を凝視していた。

「――しかし帰る方法などとっさにわかるはずもなく、わたしはまず自分が置かれている現状を見極めなければならないと思いました。じつは、時間はすでに夜だったのですが、わたしが蕎麦屋で山葵を嗅いだ時間からそう大きくは違わない気がしました。ただ、周りの状況はまったくかけ離れたものでした。場所は今と同じこの町でしたが、中心部で夜なのに煌々《こうこう》とすべてが照らしだされていました。巨大な建物に挟まれて人通りも多いのにびっくりしました。江戸では日中は人通りが多いのですが、夜ともなればかなり少なくなります。わたしは、はじめ非常に警戒しました。わたしの出《い》で立ちはこの人通りのなかでも目立ちすぎるのではないかと考えたのです。しかし思い過ごしでした。さまざまな出で立ちの人々で溢れかえっている通りでは一瞥《べつ》されるだけで誰も気に留めるようすはありません――」

ここまで一気に話すと侍はワインをふくみ、また美味しそうに羅森の料理を食べた。

「たしかに、さっきあなたとお会いしたとき、僕も、仮装された方かな、と思いましたよ。よくあることなのです」

羅森もワインで一息ついて、パスタを口に運んだ。

侍は、微笑んだあと続けた。

「いや、お陰で楽になりました。周りがわたしのことを余り気にしていないということがわかって――」

「それで、どうされたのですか」

「――すこし歩くと賑やかな通り沿いに突然、神社の鳥居がありました。わたしはほっとしました。江戸の神社と趣《おもむき》は変わりませんね。うれしくなって鳥居をくぐりました。手水鉢《ちょうずばち》で手を清め、本殿にお参りしました。柏手《かしわで》をうって深く一礼して、どうかわたしをおもどしください、とお願いしました。その時、閃《ひらめ》いたのです」

羅森は身を乗りだしていた。

「何が閃いたのですか?」

羅森の問いかけに我儘はいたずらっぽく笑うとワインを一口含んだ。静かにジャズピアノが響いている。

「山葵です。あの擂りたての山葵の香りではないかと閃いたのです」

「蕎麦屋で嗅がされた山葵ですね」

「そうです。あれを嗅げばまた同じことが起こってもどれるかもしれない。そう考えました」

若侍は公園で夜を明かし、翌日、山葵を求めて八百屋を探し回ったが、なかなか八百屋を見つけることができなかったことを話した。

「お腹すいたでしょう。食事はどうされたのですか?」

羅森は心配になって口を挟んだ。

「いやぁ、困りました。お金が無かったわけではありませんが、時代が違います。そこで、見つけた何軒かの蕎麦屋で、皿洗いでも何でもしますからとお願いしてまわりました」

「たくましい方ですね。あなたのような武家が皿洗いなんかされたことはないでしょうに」羅森は同情すると同時にこの侍がさらに好きになった。

「いやぁ、窮地にたてば何でもできるものです」

「それで、雇ってもらえたのですか?」

羅森には、この侍のような出で立ちの人間を雇うところがあるとはとても思えなかった。

「えぇ、五軒目でした。それまでは一見して断られましたが、五軒目で出てきた若い娘さんがわたしを店主である父親につよく薦《すす》めてくれたのです」

「ほう、我儘さんはもてるんだ」

「もてる?」

侍はオウム返しに訊いた。

「いぇ、好意をもたれたということですよ」

羅森の言葉に若侍の涼しげな白い顔が赤らんだ。

「で、山葵はどうなりました?」

「その前に腹ごしらえです。美味しい蕎麦をいただきました。わたしが空腹に苛《さいな》まれた顔をしていたのでしょう。もちろん、皿洗いでも何でも一生懸命にやりました。でも、まだ、山葵のことは相談できませんでした。あまりにも突拍子もないことでしたから。それに——、最初にいただいた蕎麦にも山葵が添えてありましたが、それを嗅いでも何も起こりませんでした。山葵を嗅げばすむ問題ではなかったのです」

ここで我儘はひと息入れて残りの料理を食べおわると、羅森が注《つ》ぎたしした白ワインをゆっくり口にふくんだ。羅森はすぐにでも話の続きが聞きたかったが、ビル・エヴァンスが終わっていたのでジョアン・ジルベルトのボサノヴァをかけに立った。

「うむ、これは長唄のようなものですか？」

「えっ、まぁ、そんなものでしょうかね。僕の好きな音楽ですが、詳しくはわかりません」

羅森は我儘の問いに答えられなくて申しわけなく思った。我儘は、話をもどした。

「その蕎麦屋は、わたしを店の裏口の小部屋に泊めてくれていました。これもその娘さんの計らいです」

「刀はどうされたのですか？」

「あぁ、周りをみれば帯刀はできない時代だとすぐにわかりましたから、最初に見つけた神社の本殿の裏に忍ばせました」

「なるほど。さすがですね。ところで、山葵の件ですが――」

「そうです。店主は職人肌のまじめな人でしたので、その店主に信頼していただけるようになったとき事情を話しました。はじめは、さすがに怪訝《けげん》そうな顔をされましたが、ここでも娘さんが味方になってくれました。娘さんは何の抵抗もなくこの奇想天外な事情を理解し、むしろ面白がっている節《ふし》さえありました」

「その娘さんに会いたくなってきましたね」

羅森の本音には応えず我儘は続けた。

「その娘さんはすこし考えていましたが、急に目を輝かせて、『擂り下ろしたばかりの山葵でなければいけないんじゃないの？』と言うのです。さっそくやってみました。新鮮ないい香りがしましたが、何も起こりませんでした」

乗りだして聴いていた羅森は、ふぅ、と息をついて椅子の背もたれに寄りかかった。

「ところが――」

若侍はすこしいたずらっぽい目を羅森へ向けて、勿体《もったい》ぶったように言葉を切った。

「ところが――、どうしたんです？」

羅森は我儘を急《せ》かした。

「ところが――、その蕎麦屋のご主人は何を思ったか、奥の部屋にいくと、しばらくして一本の大きな山葵の根茎《ねくき》を持ってもどってきたのです」

羅森はふたたび身を乗りだした。侍は続ける。

「鮫皮《さめかわ》のおろしを使って、持ってきた大ぶりの山葵を擂りはじめました。そして、わたしの目の前に持ってきたのです。得《え》もいわれぬ香りが漂ってきました――。それからあとのことは覚えていません。気がつくと、わたしは江戸の道場の傍《そば》にある茶屋にいました。昼餉時《ひるげどき》でした」

「う、うまくもどられたのですね」

羅森は勢い込んで訊いた。

「そうです。江戸にもどりました」

「それで、どうなりました？」

「茶屋の主人がびっくりした顔で声をかけてきましたが、挨拶もそこそこにわたしはとりあえず道場に向かいました。道場に入ると皆がおどろきの混じった歓声で迎えてくれました。どうも、時の経過は江戸にいるときもこちらの町にいるときもほぼ同じようでした」

「寿司を食べる話はどうなりましたか？」

羅森は気になっていたことを訊ねた。

「もちろん、とっくの昔の話になっていました。わたしが突然いなくなったので、道場の者たちがみんなで江戸中を捜しまわったようです。結局、神隠《かみかく》しにあったということになってしまったようでした」

若侍は苦笑いを浮かべた。

「それは酷《ひど》いですね」

羅森も苦笑いした。

「しかも、帯刀していなかったことで、私が遊郭にでも逗留《とうりゅう》していたのではないかと疑う者もでる始末でした」

「さらに酷い話ですね。あなたらしくないし――」

羅森は同情した。

「刀のことは困りました。父から譲られた大切な一振《ひとふ》りで、これを取りにどうしてもまたこの町に来なくてはならないと思いました」

「せっかくもどられたのに」

羅森は同情したが、我儘はかぶりを振りながら言った。

「いえね、刀を持ち帰るのを忘れたのには武士として忸怩《じくじ》たるものがありましたが、もう一度この町、いえ、未来を垣間見ることができるかもしれないとの思いもあったのです。すくなくとも試してみる価値はありました」

「いまこちらにいらっしゃるわけですから、うまくいったのですね」

「えぇ、さっそく例の担ぎ屋台の蕎麦屋を探しました。夕暮れ時に同じ場所に行ってみると、居るではありませんか」

「なんだ、意外に簡単なんですね」

若侍はそれ以後に起こったことを現在に至るまで話してくれた。蕎麦屋の正体も目的もわからなかったが、かれが持っている山葵の効果は間違いがなかった。ただ、蕎麦屋は条件をだした。我儘が経験してきたことをすべて伝えることが条件だった。そして、若侍は羅森の住む町と江戸を何度も行き来することになったのだ。蕎麦屋は会うたびに興味深そうに聴いていたという。未来の時代についてはもちろんだったが、とくに江戸にもどることができた経緯については何度も——。

「わがまま殿はこのままこの時代に留まりたいとは思われませんか?」

羅森は率直に訊いてみた。

「いえ、それはありませぬ。わたしが培われた時代はわたしにとって掛け替えのないもので、わたしの身体も精神もすべてその時代のものです。わたしは、生を得たその時代を日々粛々と生きていくことが務めであり喜びだと思っています」

我儘はしっかりとした口調で言った。

「ただ――」

若侍はつけ加えた。

「ただ――、未来を垣間見ることができるのは興味深いことではあります。この機会を得てはっきりしたことは、このあなたの時代には帯刀した武士はいなくなっているということです」

「それを知ってしまって寂しくはありませんか？」

羅森はさらに率直に訊いた。

「いえ、それもありませぬ。わたしもそうですが、わたしの友や弟子たちのなかにも時代の変化をうすうす感じている者もいます。平家物語や方丈記の記すところはご存知でしょう」

我儘はすこし笑みを浮かべながらワイングラスに手をのばした。音楽は終わっていた。

「ところで、お泊りになるところがきまってなければ、泊まっていかれませんか？」

「それはかたじけない。もうすこし早い時間であれば例の蕎麦屋に泊めてもらうことになっていました。ま、向こうもあまり当てにはされてないようですし――。いつこちらにもどってくるかはっきり言ってはいないものですから。明日、訪ねてみることにします」

「わかりました。いやぁ、遅くなりました。今日は眠れそうもありませんが休みましょう。僕のベッドを使ってください。僕はソファで休みますから。あぁそれから、シャワーもよかったら、どうぞ」

若侍は、くつろいだようすでうなずいた。

翌朝、軽く朝食をとったあと、羅森は若侍を送りだすと会社へ急いだ。羅森は会社でも昨夜知り合った侍のことばかり考えていた。机のコンピューターを前にするとあの昨夜の邂逅《かいこう》は現実のこととは思えなかった。もう一度会ってみないとただの夢であった可能性を否定できない気がした。

朝別れるときに、羅森はその日の夕食に、美味しいものに目がなさそうな我儘を自分のいきつけの鮨屋に誘っていた。我儘は美食家だった。そして仮の名のとおり、「のんべえ」でもあった。

カウンターを挟んで若侍と羅森の前にはその鮨屋の主人がいた。年配のその主人は羅森と若侍に挨拶したあと、羅森に「今日はいい河豚《ふぐ》が手に入りましたよ。すこしまえに締《し》めました」と言うと刺身をつくり始めた。

「ほう、河豚ですか――」

我儘は興味深そうに目を見はった。

「羅森さんは河豚がお好きでいつもご注文いただいています」

板前の主人は、柿右衛門の中皿に刺身を張り付けながら嬉しそうに言った。

「我儘さんはいかがですか」

羅森は日本酒に口を付けたあと訊ねた。

「河豚ですか？　興味はありましたが、食したことはありませぬ」

「どうして食されなかったのですか」

「河豚にあたるといけないので、武士としては――なかなか」

羅森の問いかけに我儘は残念そうに応えた。

「――しかし江戸に居るわけではありませぬから、いただいてみましょう」と言うと若侍は箸で河豚の刺身をつまむと細かく刻んだ鴨頭葱《こうとうねぎ》の敷きつめられたタレにつけ、口に運んだ。次の瞬間、我儘の顔が笑みに満ち溢れた。

「うーむ。聞きしにまさる美味ですね」

我儘は、河豚の食感がよほど気に入ったのか、丁寧に一枚ずつ食しながら温《ぬる》く燗をつけた酒を飲んだ。羅森も若侍のペースにつられていつもより酒が進んだ。我儘は、河豚の刺身と皮を食したあと、焼いた白子《しらこ》で美味しそうに酒をたのしんだ。河豚の唐揚げがでるに及んで若侍は、初めての味に目を丸くして喜んだ。二人とも相当な酒量だったが酔い潰《つぶ》れることはなかった。そして、最後に赤身の漬《づ》け、甘鯛の昆布《こぶ》締《じ》め、こはだ、かんぴょう巻きを握ってもらい、たのしい食事は終わった。上機嫌の若侍と羅森は鮨屋の主人に謝辞を述べると、送られて店を出た。

だが、この日はこの至福の時では終わらなかった。

気分よく鮨屋を出た二人は、しばらく川沿いに歩いたあと大きな屋敷の角を左に曲がった。二人は歩いて羅森のマンションまで帰るつもりだった。途中、空き地に面した路傍で、ひとりの若い女性が三人の男たちに囲まれている場面に出くわした。羅森と我儘の二人をみとめた彼女は「助けてください！」と大声を上げた。そのとき、囲んでいた男の一人から顔に平手打ちをくらい悲鳴とともに大きくのけぞった。

我儘は足許《もと》の小石を二個拾い懐《ふところ》に入れ、すこし先に棒きれを見つけ、取りあげるとそのまますぐに走りだした。羅森は一瞬躊躇《ちゅうちょ》したがあわてて彼のあとを追った。我儘は男たちのなかに割って入ると女性の腕を掴《つか》んで外へ引っぱりだした。虚をつかれた男たちは一瞬、何事が起ったのか判然としないようすだったが、ボス風の男が我儘を睨《にら》みつけると「なんだ、こいつ。お前も痛い目に遭いたいのか」と凄《すご》んだ。

羅森がすこし遅れて我儘の傍に駆けつけると、そのボス風の男はとなりの手下と思しき男に「おい！」と、どすの利いた声をかけた。その手下がポケットから取りだしたホイッスルを甲高く吹き鳴らすと間もなく四、五人の男たちが走ってきた。我儘は腕を掴んでいた女性に早く逃げるように促した。女性は「はっ、はい」と小さな震える声でこたえると明るい方に向かって走りだした。その女性を追っかけようとした男は突然うしろ頭に礫《つぶて》の洗礼を受け、頭を抱えて坐り込んだ。我儘が懐から取りだして放った小石だった。男たちのひとりが飛び出しナイフで我儘に襲いかかったが小手を打たれてナイフを取り落とした。続いて棍棒をもった男が上段から我儘の頭をねらって振り下ろしたが、軽くかわすと鋭く小手を打った。男が悲鳴とともに落とした棍棒を拾うと我儘はそれを羅森に放り投げた。手を痛めた二人を除くと、羅森と我儘を囲んだ男たちは七人になっていた。彼らは手にナイフを持っていた。

羅森は棍棒を正眼に構えて我儘と背中合わせに立った。男たちが包囲網を狭めてきたとき我儘が、壁のところに行きましょう、と囁いた。羅森も心得があったので我儘の意図をすぐに理解した。一人で囲まれたら三百六十度に注意を払わなければならない。背中合わせになって二人で立ち向かえば一人は百八十度の範囲をカバーすればよいことになる。さらに壁を背にすれば、二人の場合、九十度を守ればよいことになる。

羅森は我儘と呼吸を合わせ、包囲網を突破すると道路を隔てた民家の塀へ向かった。

羅森は塀にたどり着くとその壁を背にして左翼を担《にな》った。それでも彼らが一致団結して同時に襲いかかってくるとやはり数がものをいう。できるだけばらばらに向かってきてほしい、と羅森は願った。しかし、敵は一時《いちどき》に襲いかかってきた。悲鳴が交錯すると同時に金属音が重なり合った。羅森はすくなくとも二人の男のナイフを叩き落としたと思ったが、残りの男たちの手からもナイフは消えていた。我儘の太刀先《たちさき》は、心得のある羅森にもわからないほど鋭く俊敏な動きだった。男たちは打たれた手首をもう一方の手で握り、苦痛で顔が歪んでいた。しかし、ボス風の男の一声で、あらためて一斉に殴りかかってきた。羅森が一人の足を払い倒したが、次の男にパンチを喰《く》らった。しかしひるまず、次に殴りかかった腕を掴むと逆手に捻り上げた。そして悲鳴をあげている男をそのまま盾《たて》にした。横を見ると残りの男たちは悲鳴をあげることもなく皆うずくまっていた。ひとり涼し気な顔で立っている我儘に、羅森は「大丈夫ですか？」と声をかけた。

「えぇ、心配いりませんよ。それより羅森さんは大丈夫ですか？」と我儘は気遣った。

「不覚にも一発喰らっちゃいましたよ」と羅森は応えたが、締めあげていた手に力が入ったらしく、呻《うめ》いていた男は一段と大きな悲鳴をあげた。それと同時に、我儘の周りでうずくまっていた男たちは一斉に逃げ出した。羅森も逆手に取っていた男を解放してやった。我儘に、一杯飲んで帰りましょう、と誘われ、羅森はすこし血の滲んだ顎をさすりながら従った。

羅森は我儘と知り合った翌日に、我儘のために自分名義でレンタル携帯電話を手に入れていた。我儘はその携帯電話に最初目を丸くしたが羅森の説明を聞いてすぐに理解した。そして、使いこなすのに時間はかからなかった。ただし、我儘がそれを使用できるのはこの町、この時代にやってきたときに限られる。レンタル携帯の在《あ》り処《か》は、刀の隠し場として使っている神社の祠《ほこら》の裏だ。

それからは、我儘がこの町に来るたびに携帯から連絡が入った。我儘の滞在は一週間を超えることはなかったが、休日の昼食は我儘と一緒に件《くだん》の蕎麦屋で過ごした。羅森が願っていた蕎麦屋の娘さんとも知り合うことができた。初めてその蕎麦屋を訪ねたとき我儘が紹介してくれたのだ。

「羅森さん、こちらが、みかんさん、です」

「えっ、みかん……さん、ですか――」

「わたし、みかんです。かわいいでしょ」で友達になった。

親しくなったみかんさんに山葵《わさび》のことを訊いてみた。

「あれは特別な山葵で、擂り立てを食べてはいけないと言われているの。もちろん香りを嗅ぐこともだめ。お父さんは擂ってしばらく時間がたったものを特別なお客さんには出しているみたい。お父さんも擂り立てを嗅ぐことはないわ。注意しているもの。擂り立ては、のんべえさんだけよ」と言って、みかんさんは我儘に目配せした。我儘は微笑んでいるだけだった。特別な山葵の詳細についてはそれ以上わからなかった。

それから我儘はこの町と江戸を行き来した。何回目に会ったときだったか、羅森は我儘のいつもと違った困惑した表情を見て事情を訊ねた。

我儘は、武者修行で全国を行脚《あんぎゃ》した折、ある道場で師範代から道場主まですべての高段者を破ったあと、その場にいたすべての門弟たちに囲まれたが、彼等も悉《ことごと》く打ちのめしてしまったことがあった。

その中のひとり、道場主の息子が、江戸に道場を開いた我儘のところを訪ねてきて果し合いを申し込んだという。我儘は、最初、果し合いはしない、として断ったが、相手は、父を始めとする一門の名誉を回復しないと帰れないという。彼の父親である道場主は藩の師範を務めていたが我儘に敗れたあと、藩の師範を辞した。当然、弟子たちの数も激減し、とうとう道場を閉鎖しなければならなくなったという。当時、師範代の一人であったその息子は、我儘を討ち果たし、一門の名誉を回復しなければならなかったのだ。

その息子は、死に物狂いの修行をおこなった。そして、周辺の主だった道場では、その息子にかなう相手はいなくなった。そこで、満を持してその息子は我儘の道場にやって来たというわけだ。

我儘は果し合いを固辞しつづけたが、その息子は諦めなかった。そのうち、我儘の道場の門弟たちからも、なぜ先生は受けて立たれないのか、先生ほどの達人が逃げておられるとは誰も思わないだろうが、やはり悔しい、という声が聞こえるようになった。

我儘が果し合いを固辞するには二つの理由があった。ひとつは、我儘の方に真剣で立ち合う必然的な気分の高揚がなかった。我儘は、竹刀での果し合いはいつでも受けて立つ用意があったが、命を賭した真剣での果し合いは話が違う。我儘は日頃から、剣はむやみに人を斬るものではない、と門人たちに教示していた。

二つ目の理由は、互角の相手の果し合いであればこちらが負けるかもしれないが、いずれにしても、その息子が、斬るには忍びないほどの礼儀正しい高潔な人物であったからだ。そして、この二つ目の理由が厄介なことには、相手に対しそのような感情をいだくこと自体が真剣勝負ではこちらの不利に働くことを我儘はよく承知していたのである。

しかし、純粋な熱意には人は負けるものである。いくたびも道場へ足を運ぶその息子の姿に我儘は果し合いをしなければならないような気分になってきていた。そこで、これを最後の機会にと、我儘はその息子を道場の自室に招き入れると茶をすすめて、果し合いを固辞している二つの理由を率直に話したのである。

この時の顛末《てんまつ》は我儘によるとこうだ——。

その息子は、背筋をのばし正座したままで我儘の話を聞いていたが、話が終わるとしばし目を閉じた。中庭のつくばいの筧《かけい》の水音だけがする。道場は静まり返っていた。その息子は、ゆっくり瞼《まぶた》をあげると、お茶をひと口すすり、静かに語りだした。

「まず二つ目の理由でございますが、身にあまるお言葉で恐縮至極に存じます。が、その点に関しては私もあなた様に同じような感情を抱いておりますゆえ、互角かと——。——そこで、一つ目の理由にもどりますと、私にはあなた様に果し合いを挑む十分な理由がございますが、あなた様にはそれを受けて立つに十分な気持ちの高まりがお有りにはならない、とお察《さっ》しします。この点では、たしかに互角ではありません」

その息子は、ここで一息つくと、また茶をすすったあと続けた。

「そこでご提案ですが、私とあなた様のご門弟と竹刀で立ち合わせてはいただけないでしょうか。もし、私がご門弟の何《いず》れかの方に負ければ私はあなた様との果し合いを諦めます。と言うより、私にはあなた様と果し合いをする資格がないといった方が正しいかもしれませぬ。しかし、もし私が勝ちつづけ、あなた様以外に立ち合う相手がいなくなった場合は、私にも資格があると考えます。それと――、差し出がましい言い方ですが、あなた様のご門弟がすべて敗れたとなるとあなた様にも私の果し状を受けるお気持ちが生じるのではないかと思いますが――」

「なかなか理路整然とした語り口にわたしも感服してしまいました。ここに至っては、申し出を断る理由がありませぬ。仕方がありませぬでした。わたしは、まずわたしの道場での弟子たちとの試合を受けることにしたのです。それに、わたしの師範代とすくなくとも数名の高弟達は並みの使い手ではありませぬ。皆、免許皆伝です。その息子が何《いず》れかの弟子に負けることを内心期待していました。そうすれば真剣でのわたしとの果し合いは諦めるというのですから――」

我儘はここで、目の前のお茶を手に取り、ひと口ふくんで息をついた。羅森は、話の続きを促すため念を押すように「それでは、その方の申し出に応じられたのですね」と言った。

我儘は、師範代をふくむ高弟三名とその前に三名の中堅どころの実力者たちを指名した。いずれも我儘の道場が誇る剣の使い手たちである。

望みがかなった「その息子」は、試合ができると聞いてたいそう喜んだという。道場のものから試合は三名ずつを相手に二日に分けておこなってはどうかという提案も出されたが、「その息子」は、大切な時間を二日にわたって自分のために使われるのは忍びないと固持した。自分にとって、分《ぶ》がわるくなることよりも試合を受けていただいた喜びの方が大きいことを伝えたという。結局、六試合が一日で行われることになった。午前中に中堅三名と、昼食をはさんで午後、師範代をふくむ高弟三名との試合である。いかに「その息子」が強くても、このスケジュールで無事に最後まで勝ち進むのは不可能に思えた。すくなくとも道場の者たちは皆そう思っていた。

しかし我儘は試合には立ち合わないことにした。弟子たちは、先生にみていただかなければ困りますと不満を述べたが、我儘は、自分が立ち合えば相手の太刀筋《たちすじ》をみることになり、それでは公平ではない、と言ったらしい。すると、弟子のひとりが、ということは先生が試合されることになる、つまり、私どもがすべて負かされると思っておられるということですか、と我儘に迫ったらしい。しかし我儘は黙ったまま応えなかったという。

さて、その日がやってきた。江戸も夏の盛りで雲ひとつない青空の下、朝から気温は上がり始めていた。道場には我儘を除いてほぼすべての弟子たちが揃っていた。我儘は、自室で正座し瞑目《めいもく》していた。決められた時刻に道場の玄関先に現れた「その息子」はやや緊張の様子であったが、応対した弟子に会釈をして案内に従ったという。我儘は試合の詳細は語らなかった、というより語れなかった。結果の報告だけを弟子が伝えたのだ。

試合は、それぞれ一本勝負と決められていた。午前の部、中堅の三人は相次いで一本を取られて短時間で決着がついた。残りの三試合は昼食後に行う予定であったが、

「その息子」の申し出により午前中に続けて行うことになった。高弟二人については、わずかな差であったが「その息子」の一本勝ちは道場の誰の目にも明らかだった。

しかし、最後の師範代との試合で困った問題が持ちあがった。まったくの相打ちになったのだ。「その息子」の面《めん》に対して、師範代の放った小手《こて》が、同時だった。道場の皆が、同時で有効とみとめたうえに「その息子」自身もそれをみとめたために引き分けとなった。師範代は再度の一本勝負を申し出たが、「その息子」は一本勝負でわたしが勝てなかったので、お約束したとおり先生との真剣勝負はあきらめまする、といって立ち去ってしまった。

報告を受けた我儘は瞑目したまま聞いていたが、しばらくして目を開けると、「その息子」との果し合いを承諾する旨《むね》を伝えたという。

「どうしてその息子さんと勝負することになったのですか?」

羅森は素朴に質問した。

「師範代の方と引き分けられたのだから、その息子さんも約束どおり去られたのでしょう」

「いいえ、もし真剣であれば引き分けることはありませぬ。その息子殿は右腕を切り落とされたかもしれませぬが、師範代は頭を割られています」

「つまり、お弟子さんたちは皆、その息子さんに負けたといわれますか？」

我儘は、黙ってうなずいた。

羅森は我儘の悩みの事情を理解したが、その真剣勝負を承諾した結果どうなったのかが気にかかった。

「で、果し合いはどうなったのですか？」

「じつは、それが問題でして、これからなのです。そこで今回は、羅森さんに事前のお願いにうかがった次第です」

「といいますと――」

「真剣勝負をこの町で行いたいと思っています」

「えっ、僕の住むこの町、この時代で？　ですか？」

羅森はびっくりした。

「そうです。こんどうかがうときには、その息子殿といっしょに参ります。そのとき、その息子殿を羅森さんのお宅に泊めていただけないでしょうか？」

「えっ」

羅森は絶句した。

「心配はいりませぬ。ご迷惑をかけるような人物ではありませぬ」

「もちろん、うかがったお話から高潔な方であることはわかっていますが——、急なお話で、すこし驚きました」

羅森は率直に応えた。

「無理もありませぬが仕方がないのです。わたしは例の蕎麦屋にお世話になります」

「そうですか——、それで、果し合いの場所は大丈夫ですか？」

「この近くにある小高い丘のような場所です。前回のとき羅森さんとお話ししたときにでてきた、近所の子供たちがどんぐり山と呼んでいるところです。羅森さんが時々登られたと言っておられましたので、そのあと二度参りました。雑木林に囲まれた天辺《てっぺん》に静かな良い場所があるのです。その息子殿を前日にその場所にお連れいただきたいのです。そして当日は羅森さんに立会人をお願いしたいのです」

「わかりましたが――、果し合いの処理はどうしたらよいのでしょう。その――」

羅森は言葉につまった。つまりどちらかが亡くなったときの処理のことである。

「羅森さんに迷惑をかけないようにするつもりです」

「そうですか――」と言ったものの羅森は気が重くなった。我儘には負けてほしくないし、かといって、その息子が負けるのも嫌だった。いずれにしても、どちらかの死を意味することだからである。

羅森は我儘と別れたあと、落ちつかない日々を送っていた。仕事も手につかず、毎日緊張した状態が続いた。――しかし、今から起ころうとしていることは本当に現実のことだろうか――。羅森はなんども頬をつねった。

一月半ほどたって秋の気配が感じられるようになったころ、その日がやってきた。

果し合いは可能なら日曜日に行うことになっていた。できれば金曜の夜に「その息子」を羅森のマンションに泊め、翌日、土曜日の朝にその場所を見てもらい、次の日の朝の真剣勝負に備えて休息をとるというスケジュールだ。

金曜日の夕方、時間は初めて我儘に出逢った時と同じころであったが季節は秋になっており、あの時よりももっと暗くなっていた。さすがに侍姿のコスプレ男子が二人も揃って歩いていたら怪しまれる。夜陰に乗じて行動するに如《し》くはない。羅森のマンションの周りが夕闇に包まれたころ玄関からの呼び鈴が鳴った。しばらくして、自宅の玄関で二人を迎えたが、初対面にもかかわらず、その息子は、羅森の思い描いていた人物像と大きな隔たりはなかった。ただ、その侍は我儘よりさらに若かった。我儘は、並んで立っているとその若侍の兄のように見えた。

「羅森さん、こちらが、その息子殿です。よろしくお願いします」

我儘はつづいて、その若侍に、こちらが羅森さんです、と伝え、羅森に向かって頭を下げた。その息子もすこし遅れて頭を下げた。そして我儘は、部屋に上がることなくその玄関先で踵《きびす》を返した。

羅森は我儘を初めて自宅に招き入れたときと同じような感覚ではあったが、今回はすでに事情がわかっているうえに、その息子の人柄もあるていど想像できている。すこしリラックスして家の中を案内した。羅森は、その息子のために夕食を準備していた。我儘のときは突然の邂逅で簡単な手料理になってしまったが、今回は事前にわかっていたので件《くだん》の鮨屋の主人に頼んで配達してもらっていたのだ。

その息子はテーブルに着くなり美しい寿司の造りに目を丸くした。

「ほんとうにかたじけのう存じまする」

恐縮しながらも若侍の目は輝いていた。

「我儘さんのときには僕の手造りしかなかったのですよ。ご遠慮なくお召し上がりください」

羅森はワインや日本酒をすすめたが、その息子はワインの経験がなく日本酒にした。

羅森はシューマンのクライスレリアーナを小さな音量で流していた。

若侍を手洗いに案内した後、夕食は始まった。

「いやぁ、おいしゅうございまする。大事な立ち合いをひかえて本当は生ものを慎むべきなのですが――」

「あっ、それは申しわけありませんでした。気が付きませんでした」

羅森が済まなさそうに応えると、

「いや、この寿司は江戸のものよりはるかに鮮度が勝ると思いまする」とその息子は気をつかった。

このあと会話はすこし滞ったが、真剣での果し合いを控えた者にとって口数が少なくなるのは当然のことだろう。羅森は急に気が引き締まる感じを覚えた。しかし羅森の緊張したようすを見てとったのか、その息子は日本酒をひと口含んだあとくつろいだ感じで語りかけてきた。アルコールのせいもあったかもしれない。

「我儘殿から条件付きで真剣勝負を受けていただいたときには喜びでいっぱいになりましたが、その条件がまさかこんな事になるとは思ってもいませんでした――」

「条件付き――といいますと？」

「いえ、このとおりです。羅森殿の時代、この町で、という条件です」

「ああ、そうでしたね。びっくりされたことでしょう」

「えぇ、我儘殿のお話を伺ったときには何のことだかまったく理解できませんでした」

「それで、――いかがですか？」

「うーむ……何もかも違います。髷《まげ》や装束《しょうぞく》、ことごとく違います。帯刀しているものがいない――もしや、武士はいない、のですか？」

羅森はその息子の問いに黙ってうなずいた。

「そうですか――。それに、いま誰もいないのに音曲《おんぎょく》を聴くことができるのにも驚いています。琴のような音ですが違いますね。なかなか好ましいです」

「ピアノです」

羅森はすこし得意げに応えた。

食事のあとは、我儘のときと同じように、羅森はソファで休んだ。

翌日の朝、簡単な朝食をとったあと、羅森はその息子を果し合いの場となるどんぐり山へ案内した。町中を歩いたあと古い民家やマンションに挟まれた小さな山道へ入ると、その息子は嬉しそうな表情になった。

「昨夜、何もかも違うように申しましたが間違いでした。自然の木々は変わりませぬ――」

羅森は、確かにそうだな、と思った。

木々の匂いが次第につよくなり、鳥たちの囀《さえず》りが山の静けさを感じさせた。すこし上ると細い山道の右手の石段の奥に鳥居がある。

その息子は石段に目をやると、「すこし寄り道しても宜《よろ》しいですか？」と羅森に訊いた。羅森が「えぇ」とうなずくと、さっそく石段を登り始めた。羅森もあとに続いた。その息子は石段の途中の鳥居をくぐり、左手の小振りの手水鉢《ちょうずばち》で手を清めた。さらに数段登った先に小さな本殿があった。その息子は、柏手を打って深々と一礼した。羅森も一緒に一礼したあと、二人は石段を下り、もとの山道へもどった。

黙々と坂道を登っていくと間もなく拓《ひら》けた部分にでた。カメラを持った老人とジョギング中の若者と出会う。右手に石段がありさらに小高いところが天辺《てっぺん》であった。天辺は、ほぼ円形で丈の短い雑草に覆われていた。周りは楠の大木に囲まれていたが、木漏れ日で明るさは十分にある。

その息子は、円形の場所の中央と思われる場所を端から端へゆっくりと歩いている。羅森には、歩数で直径を計っているように見えた。円形の広場の端には囲むように固定されたベンチがある。羅森は、そのベンチのひとつに腰かけていた。その息子は、しばらく歩き回ったあと羅森の横のベンチに坐った。

「静かでいいところでございますね」

その息子は、すこし緊張感もあったが、くつろいだようすで言った。

「どんぐり山といっても楠木ばかりが目立ちどんぐりはありませんね」と羅森が緊張をほぐすように言うと、「いえ、神社の前の登り坂にはたくさんどんぐりが落ちていましたよ」とその息子は応えた。

羅森は、坂で喘《あえ》いでいて気がつかなかったな、と思うと同時に、その息子の細かいことへの注意力に感じ入った。ふたりはしばし清澄な空気を堪能してどんぐり山をあとにした。

その晩は、シャワーを浴びたあと、その息子の希望で鍋焼きうどんの出前をとった。

温かく消化の良いものという身体への配慮もあったかもしれない。その息子はあまり喋ることなく、「明日の立会人をよろしくお願い申しまする」と言うと、深く一礼して寝室へ向かった。

翌朝、まだ夜明け前であったが、その息子と羅森は、どんぐり山へ向かった。羅森は、できるだけその息子の邪魔をしないように心掛けた。その息子もひと言も喋らなかった。黙々とどんぐり山を登り例の短い雑草に覆われた円形の頂《いただき》に着いた。まだ我儘の姿はなかった。その息子は、全体を見回したあと、東側のベンチに行くとゆっくり坐った。そして、長い布袋から太刀を取り出し腰に差した。左手で鞘を握り腰の位置を確認すると、両腕を前に組み瞑目した。羅森は石段を登りきったすぐ傍のベンチに音をたてないように腰かけた。ふたりは、小さな広場の中心からはほぼ等距離であったが、羅森はその息子とは直角に南側になる。約束の時間より三十分早かった。羅森も瞑目して待つことにした。

早朝の少し肌寒いが心地よい風が頬を撫でる。幾重にも折り重なった森の薫りが漂ってくる。時々山鳥の声が静寂を破る。こういう状況下、真剣勝負の直前という極限の状態に身を置くという初めての経験をする羅森の心中は尋常なものではなかった――。

羅森は、静かに瞑目するその息子の心中、今こちらに向かっているだろう我儘の心中を察した。

それからどれだけの時が過ぎたのだろう。羅森には時間の感覚がなくなっていた。というより、時が止まってしまったようだった。そのとき、左手の石段の下のほうに落ち葉を踏む音とともに人の気配がした。見下ろした羅森の目に石段を登ってくる我儘の姿が見えた。

と、その我儘のすぐ後ろにもうひとり――、みかんさんだ。あっ、と声が出そうになったが羅森はぐっと呑み込んだ。

我儘は、石段を登りきって羅森の横を通るとき軽く目礼をした。そして、右手にその息子をみとめると深く一礼した。そのあと何の戸惑いもなく左手の西側のベンチに向かった。みかんさんも、羅森の横を通るときに黙礼したが、いつもの笑顔はなく緊張した面持ちだった。和服姿のみかんさんは重箱を包んだような風呂敷包みを胸の前に抱いていた。羅森は想像したくなかったが、それはまるで骨壺のように見えた。みかんさんは、羅森と石段を挟んですぐの西側のベンチに腰かけた。風呂敷包みは自分の左側に置いた。我儘は、長い布袋の紐《ひも》を解くと大刀を取り出し帯刀した。

北側から一陣のつよい風が吹き、落ち葉を舞い上げた。その舞い上がった落ち葉は地面にもどるとそのまま風に押されるように羅森とみかんさんの間の石段を下って行った。ふたりの侍は申し合わせたように立ち上がると広場の中央へ歩みを進めた。ふたりは、お互いが踏み込んで抜刀したとしてもその切っ先が触れ合うことがないと思われる場所で止まり、羅森の方へ向き一礼した。それからふたりは改めて顔を見合わせると静かに頭を下げた。一呼吸おいて顔を上げると同時に音もなく抜刀した。ただ朝日に反映した輝きの鋭さだけが、両者の手に握られたものが本身《ほんみ》であることを物語っている。

両者は正眼に構えると、切っ先が触れ合うかもしれない、と立会人の羅森が緊張するような間合いににじり寄っていった。どちらかが踏み込めば太刀は確実に相手に届くのだ。ほとんど切っ先が触れ合うかと思われた次の瞬間、その息子は太刀を引き八双に構えた。ほぼ同時に、我儘は少し後退したかと思うと剣を正眼から右下段に移した。正眼を解いた時点で両者の間合いはわからなくなった。少なくとも正眼で構え合ったときより間合いは広がっているはずだ。羅森は握りしめた両拳から液体が滴ったような気がした。

我儘は剣を下段に構えたまま、その息子との間合いを変えずに反時計回りににじる様に回り始めた。その息子は動かない。ただ、我儘と正対するように身体を左へ回転させる。両者の眼の間には見えない糸でもあるかのようにピンと張った大気があった。羅森は自分の呼吸音だけではなく心音までも聞こえるような気がした。

その息子は、八双に構えた剣をほんの僅《わず》か上方に引き上げ、前へ踏み込むと同時にその剣を振り下ろした。我儘はその瞬間、回る速度を急に速めて踏み込むと同時に下段の剣を左方向に切り上げた。両者の動きは一瞬の出来事で、羅森には剣の動きを見極めることはできなかった。鋭い二つの閃光と布に包まれた肉体を切り裂いた音のみが静寂のなかにあった。

右膝をついて刀を持ったまま左肩を押さえている我儘。肩から胸にかけて多量の出血が続いている。突然、みかんさんが「のんべえさまー」と叫んで我儘の元へ走った。

みかんさんが、持ってきた包みを解いて我儘の手当てをしようとしたとき、我儘は「みかんさん、あちらを先に。急いで」と言った。みかんさんは振り返ったが、その息子は刀を左手に握って倒れたまま動かない。羅森がその息子のところへ駆け寄り呼びかけたが反応はなかった。腹部を押さえていたその息子の右手の下からは血が湧き出ている。しかし微かに息をしており頸に手をあてると動脈が波打つのがわかった。

「まだ生きている。救急車をよびます」と羅森は携帯を手に我儘に向かって叫んだ。我儘は首を振った。そのとき、みかんさんが「わたしがやります」と言うと、包みから取り出した重箱を開いた。みかんさんは、それぞれの箱の中から大きな山葵《わさび》とおろし金を取り出すと物凄い勢いで山葵を擂《す》り下ろした。そして擂った山葵をその息子の鼻先へ持っていった。さらに、深手を負って意識がないその息子の呼吸状態を慮《おもんぱか》ってか、みかんさんは擂り下ろした山葵をすべて鼻腔に詰め込むように塗りつけた。羅森はみかんさんの手際の良さに見惚れてしまった。その時、一瞬の大地の揺れを感じたあと、横たわっていたその息子は消えた。しかし、みかんさんは驚くこともなく、そのまま我儘のもとへ走った。我儘は刀を持って蹲《うずくま》っていた。直ちに、みかんさんは山葵を擂り下ろすとおろし金に乗せたまま我儘の鼻先に突き出した。今度は地鳴りのような音とともに我儘の姿が消えた。あっけにとられる羅森の前で、みかんさんは新たに擂り下ろした山葵を胸いっぱいに嗅いだ。再び地響きがしてみかんさんも消えてしまった――。

「みかんさん……」と力なく呟《つぶや》いて羅森は改めて周りを見た。羅森だけひとり取り残されていた。時々風に舞う落ち葉の他に動くものはなかったが――、広場の中央にみかんさんが持ってきた重箱とそれを包んでいた風呂敷が残っているのに気づいた。羅森は駆け寄って箱の中をのぞいた。山葵とおろし金はなかった。羅森は親しく感じていた三人をいちどに失った寂寥感《せきりょうかん》に襲われていた。しばらく茫然としていたが、気を取りなおすと、空の重箱を包み、胸に抱いて帰っていった。

翌日から羅森は、会社にでるとそれまでのようにルーチンの仕事はこなしていたが、果し合いの場面を頭から払拭することができなかった。みかんさんの消息も気になった。

――そうか！　みかんさんの家族はどうしているのだろう。みかんさんは昨夜、家には帰らなかったはずだから、みな心配しているに違いない。いや、それとも家に帰っているかもしれない。羅森はそう思いたかった。今晩、蕎麦屋に行ってみよう。みかんさんがいるかもしれない。

羅森は、いつものバックパッカーで会社を出ると蕎麦屋へ歩いた。羅森の足で十五分だ。蕎麦屋まではテンポよく歩いたが、店屋の暖簾《のれん》をくぐる段階になってすこし躊躇した。羅森は胸に手を当て大きく深呼吸して入った。

「おや、羅森さん、いらっしゃい」

蕎麦屋の主人は以前と変わらない様子である。羅森はまずにしん蕎麦を注文したあと、「みかんさんは？」と軽い調子で訊ねた。

「あぁ――、みかんは、しばらく留守にしています。ご迷惑をおかけしますねぇ」

と主人は応えたがあまり深刻な様子はない。羅森は、この人はみかんさんの身に何が起こったか知っているのだろうか、と訝《いぶか》った。羅森の怪訝《けげん》そうな表情を見た主人は

「羅森さん、娘が帰ったら連絡させますよ」と言った。羅森はそれ以上詳しく訊ねることもできず、蕎麦だけを食べると店をあとにした。

社会のデジタル化が急速に進むなか、羅森の会社も需要の増加にともない多忙をきわめるようになっていた。時は週単位で飛ぶように過ぎていく。羅森も仕事に追われるうちに侍たちとの邂逅と別れの感傷も少しずつ薄らいでいった。ただ、みかんさんには無性《むしょう》に会いたかった。その思いが通じたかのように、三カ月後、突然、羅森の携帯にみかんさんからの着信があった。コンピューター室の機械の調整にかかわっていて気がつかなかったのだ。建物の外に飛び出すと、震える指先でみかんさんからの着信番号を押した。

「はい、みかんです。もどりましたよ、羅森さん」

紛《まぎ》れもないみかんさんの声だ。溌剌とした張りのある声は変わらない。羅森は、す

ぐに会いたい旨を伝え、みかんさんの店へ走った。走りながら羅森は暖簾《のれん》をくぐる時の緊張感を想像していた。

しかし、息を切らしながら蕎麦屋に着いたとき、みかんさんは店の前に立っていた。手を振っているみかんさんに羅森は勢いあまってハグしてしまったあと、あわてて離れた。微笑みながら「ただいま、羅森さん」と言うみかんさんに、羅森は「お帰りなさい、みかんさん。心配しましたよ」と応えるのが精一杯だった。

みかんさんは、いったん店に入るとすぐに出てきた。羅森とすこし外出する許しをもらったらしい。羅森はみかんさんと一緒に、というより、みかんさんに続いて歩いた。

潮の匂いで海が近いことがわかる。五分も歩くと埠頭《ふとう》だ。隣接する小さな公園のベンチに二人は海に向かって黙って坐った。心地よい風が頬を撫でると、みかんさんが話しだした。

「果し合いのあと、わたしたちは山葵のおかげでほとんど一緒に江戸に移動しました。しかも、のんべえさんの道場の傍のお茶屋さんです。あぁ、そうです。のんべえさんも、その息子さんも大丈夫でした。羅森さん、心配されたでしょう」みかんさんは羅森の顔をのぞき込んだ。

「ええ、心配しましたよ。とくにその息子さんは瀕死の状態でしたから」

羅森は、ほっとしたように応えた。そのあと、みかんさんは江戸で経験したことについて堰《せき》を切ったように話しだした。

まず、我儘にとって誤算だったことは、みかんさんが一緒について来てしまったことだった。みかんさんは果し合いの前日に我儘の計画を打ち明けられていた。我儘は、真剣勝負でどちらが切られても、絶命する前に擂り立てのあの山葵を嗅がすようにみかんさんに依頼していたという。しかし最後にみかんさん自身も嗅いで移動したのだ。

みかんさんは我儘（のんべえさん）に憧れ、どうしても付いて行きたくなったのだという。勿論、みかんさんは、用意周到にもどりたくなったときのために、その山葵とおろし金を手放さなかった。

我儘の道場にもどった三人は、皆から質問攻めに合った。我儘は真剣勝負の様子を詳しく話した。ただ、場所は江戸の近郊とだけ伝え、勝負の結末についても寸止《すんど》めで終わったとした。弟子たちの間でどよめきが起こった。木刀や竹刀ならともかく真剣でそのようなことはできるはずがないと訝《いぶか》るものもいた。しかし、我儘とその息子の毅然たる態度に、遂には、達人同士の真剣勝負では、そういうことも可能かもしれないという空気になった。道場にいた弟子たちは皆、その息子に打ち負かされていたのだから、その息子も同意する我儘の話には説得力があったのだ。そして我儘は、勝負の結末は相打ちだったと結んだが、その息子は異議を唱えた。その息子の負けだった、ほぼ絶命していた、と言ったのである。

道場のなかは、さらに大きなどよめきとなった。その時、我儘も異議を唱えた。わたしも深手を負ったので絶命までは時間の問題だった、というのだ。二人は譲らなかった。寸止めの勝負なのに二人の緊張感のある遣《や》り取りに道場のなかは水を打ったように静かになったという。その後、その息子は我儘の道場に入門した。といっても師範代格である。誰も反対する者はなかったという。この一連の出来事は瞬《また》く間《た》に世間に拡がり、その息子の郷里にも伝わった。それにより、その息子の父の道場も嘗《かつ》ての勢いを取りもどし始めたという。その息子も本懐を遂げたというわけだ。

ここまで語ったみかんさんは一息つくように、あらためて羅森の顔を見た。羅森は気になっていたことを訊いた。

「みかんさんは、——よくもどることができましたね。というより——」

「えぇ、私は、のんべぇさんに付いていきたくて山葵を嗅いだのです。でも、江戸ののんべぇさんには素敵な奥さんと私の妹くらいの可愛い娘さんもいらっしゃったのですよ。まだお若いのに——びっくりしました」

羅森はなんだか安堵した。そして、あらためて訊ねた。

「でも、山葵とおろし金を持って行かれたので安心でしたね。帰ろうと思えばいつでも帰れるから」

これに対して、みかんさんは意外なことを語った。

「いえ、それがうまくいかなかったのです。なんども擂り下ろしたばかりの山葵を嗅ぎました。鼻にも詰めてみましたが、何も起こりませんでした。急に怖くなりました。このまま家族にも友達にも会えないまま、知らない所で死ぬのかと絶望的になりました」

「でも今、帰ってきていますよね」

羅森は先を促した。

「そうです。のんべえさんが、いつもの担《にな》い蕎麦屋さんを捜してくれました。でも、その蕎麦屋さんが私を見るなり、いろいろ質問をしてきたのです。鋭い目のお爺さんで、最初はすこし怖かったのですが、話しているうちに何となく親しげな眼差《まなざ》しに変わっていったのです。そして、信じられないことに、私の何代も前の、正確にはわからないけど、お爺ちゃんらしいのです」

「えっ、そんなことが……」

羅森は絶句した。みかんさんは、その担い屋台のお爺さんの話をつづけた。

彼は、みかんさんが自分の末裔らしいことがわかると、元《もと》の時代に帰す前に自らの背景について話しておきたいと言った。

彼の一族は、徳川幕府直属の武士であり、同時に薬師《くすし》でもあった。家康の特命で秘密裡に設置された薬物の研究部門があり、とくに、ある戦国武将によりもたらされた山葵について栽培および薬効の研究を任されていた。そして、その場所で栽培される山葵については、幕府門外不出のご法度品として厳しく直接管理されていた。みかんさんの先祖のお爺さんは、その山葵の特殊な薬効を調べていたわけだ。担い屋台を装ったお爺さんは、別の時代に帰ってしまう末裔の娘には本当のことを話しておいても咎《とが》めを受けることはないと考えたらしい。そして、帰ったらこのことを家族に伝えてほしいとも言ったという。いよいよ山葵を嗅ぐことになったとき、みかんさんは、我儘に一緒に来ないか誘ってみた。しかし、我儘は、それはできないという。その息子も我儘自身も、今度みかんさんの時代に行ったら、あの果し合いの続きで、そのまま絶命するだろう。そして、本当にもう江戸にはもどれなくなってしまうと言った。みかんさんは、我儘と先祖のお爺さんに見送られてもどってきたのだった。

ここまで語るとみかんさんは、これ、のんべえさんから羅森さんに、と言って鼠《ねずみ》の根付《ねつけ》を手渡した。羅森には思いがけないことであったが、嬉しくなってさっそく携帯のストラップにした。「私には、簪《かんざし》の根付です」と言ってみかんさんは携帯を見せてくれた。

「みかんさんの家は、お武家さんだったんだね」と羅森が言うと、みかんさんは、

「私、剣道を習ってみようかしら」と言って笑った。
公園の周りはすっかり夕暮れに包まれていた。